Johann Scheerer
Wir sind dann wohl die Angehörigen

PIPER

Zu diesem Buch

»Es waren zwei Geldübergaben gescheitert und mein Vater vermutlich tot. Das Faxgerät hatte kein Papier mehr, wir keine Reserven, und irgendwo lag ein Brief mit Neuigkeiten.« Wie fühlt es sich an, wenn einen die Mutter weckt und berichtet, dass der eigene Vater entführt wurde? Wie erträgt man die Sorge, Ungewissheit, Angst und die quälende Langeweile? Wie füllt man die Tage, wenn jederzeit alles passieren kann, man aber nicht mal in die Schule gehen, Sport machen, oder Freunde treffen darf? Und selbst Die Ärzte, Green Day und die eigene E-Gitarre nicht mehr weiterhelfen?
»Das ist berührend, das geht einem nah, das ist ein ganz neuer Blick auf die Reemtsma-Entführung.« FAZ

Johann Scheerer, geboren 1982, gründete mit fünfzehn Jahren seine erste Band, nahm mit »Score!« 1999 sein erstes Album auf und ging auf Deutschlandtour. Nach dem Abitur bekam er einen Plattenvertrag für sein Soloprojekt »Karamel«, gründete 2003 das Tonstudio »Rekordbox« und 2005 »Clouds Hill Recordings«. Mittlerweile konnte er die einhundertste Veröffentlichung als Musiker und Produzent feiern, u.a. mit Faust, Gallon Drunk, Bosnian Rainbows, Rocko Schamoni, James Johnston, Peter Doherty und aktuell At the Drive-In. »It´s magic what this young German did to my songs. He saved my life.« Peter Doherty // The Libertines, Babyshambles. Zuletzt erschien von ihm der Roman »Unheimlich nah«

Johann Scheerer

WIR SIND DANN WOHL DIE ANGEHÖRIGEN

Die Geschichte einer Entführung

Roman

Mehr über unsere Autoren und Bücher:
www.piper.de

Wenn Ihnen dieser Roman gefallen hat, schreiben Sie uns
unter Nennung des Titels »Wir sind dann wohl die Angehörigen«
an *empfehlungen@piper.de*, und wir empfehlen Ihnen gerne
vergleichbare Bücher.

Von Johann Scheerer liegen im Piper Verlag vor:
Wir sind dann wohl die Angehörigen
Unheimlich nah

Ungekürzte Tschenbuchausgabe
ISBN 978-3-492-31499-2
Januar 2021
© Piper Verlag GmbH, München 2018
Umschlaggestaltung: zero-media.net, München
Umschlagabbildung: Jeffrey Coolidge / getty images
Satz: Kösel Media GmbH, Krugzell
Gesetzt aus der TheSerif
Druck und Bindung: CPI books GmbH, Leck
Printed in the EU

Für K. und F.

28.4.1996 New York, Central Park

Die Eisbahn ist voll, die Vögel zwitschern, der Frühling liegt in der Luft, aber wir können die Schönheit nicht erkennen. Nicht spüren. Nicht genießen. Wir sind nicht hier, weil wir etwas erleben wollen. Wir können nicht nach Hause. Die Journalisten vor, hinter und über unserem Haus, in Autos und Hubschraubern, die Berichte auf den Titelblättern sämtlicher deutschen Zeitungen. In Deutschland können wir jetzt nicht sein.

Noch Wochen nach unserer Rückkehr nach Hamburg würden sie nach Benni rufen, damit ich mich auf unseren täglichen Spaziergängen nach ihnen umdrehte, unter der Kapuze hervorlugte und sie ein Foto schießen konnten. Keine Fragen, kein Verstehenwollen, keine Kommentare. Nur ein Pfiff, ein Blick und ein Klicken. Erst mal sollte New York uns davor schützen. Uns durchatmen lassen.

Wir atmen die Luft des Parks, hören die Menschen, spüren aber die Stadt nicht. Wie fühlt es sich an, wenn man nichts fühlt? Registrieren wir, dass die Sonne scheint? Dass wir dort leben, wo andere Urlaub machen? New York – für viele ein Traum, für uns nur eine Kulisse, durch die wir miteinander gehen, ohne uns zu begreifen.

Mein Vater ist nicht sicher auf seinen Füßen, die sich während der letzten 33 Tage immer nur zwei Meter vor und zurück an einer Kette in einem Keller bewegen konnten. Meine Mutter stützt ihn am linken Arm, ich am rechten. So gehen wir durch den Park, in dem uns keiner kennt und niemand etwas von uns weiß, und versuchen herauszufinden, ob wir noch wissen, wer wir sind, ob mein Vater noch vollständig ist und wir noch die sind, von denen er sich am 24. März verabschiedete. »Ich geh noch mal kurz rüber...«

Ich wollte nicht nach New York, ich wollte nach Hause. Man hatte mir meinen Vater entrissen, unser Zuhause angegriffen, und dann gab es diese Idee, erst einmal wegzubleiben. Ich wäre am liebsten einfach zurückgekehrt in mein altes Leben, in unser Zuhause, das noch nicht zerstört war von diesen langen, zehrenden fünf Wochen.

New York. Die Stadt der Albträume. Ein Fluchtkurort.

»Nach New York? Na toll – dann werden wir da alle drei entführt!«

Ich hatte Angst vor einem weiteren Schritt ins Unbekannte, ins Unberechenbare. Ich sehnte mich nach der Normalität, die mir genommen worden war. Sollte es nie mehr werden, wie es vorher war? Von hier aus, das spürte ich, führte jedenfalls kein Weg zurück.

Eine Pferdekutsche trabt vorbei. Mein Vater zuckt zusammen und erstarrt. Saugt die Luft ein, als wäre er die letzten Wochen unter Wasser gewesen und gerade erst in diesem Moment aufgetaucht, und doch scheint die Luft sein Gesicht, seinen ganzen Körper verkrampfen zu lassen. Das Kettenrasseln der Kutsche geht ihm durch Mark und Bein. Ein Griff meiner Mutter unter seine Achsel, um seinen Arm, ihr Blick zu mir. Für ein paar Sekunden sehen wir einander an, wissen, was der andere denkt, wissen, was der andere fühlt. Kurz wieder verbunden im Schmerz der Ungewissheit, der Erinnerung, der Angst.

Sein Blick nur starr geradeaus.

Meine Mutter öffnete die Tür und betrat, energischer als sonst, mein Zimmer. Hatte mein Wecker schon geklingelt? Normalerweise weckte mich meine Mutter nicht mehr. Ich überlegte kurz, ob es mir unangenehm sein sollte, dass sie so unangekündigt hereinkam, war aber zu müde und ließ die Augen geschlossen und meine Gefühle im Dämmerschlaf. Ohne ein Wort lief sie die paar Schritte zum halb geöffneten Fenster und zog die Vorhänge auf.

Vogelgezwitscher.

Hätte ich gewusst, dass diese Frühlingsatmosphäre, dieser Klang der erwachenden Vögel, gepaart mit den ersten vorsichtigen Sonnenstrahlen des Jahres, bis heute eine Art wiederkehrenden Soundtrack, einen Schlüsselreiz meiner Erinnerung darstellen wird, hätte ich meine Mutter bestimmt gebeten, das Fenster zu schließen und die Vorhänge zuzuziehen, bevor sie sich zu mir ans Bett setzte.

Ich tat, als ob ich noch schliefe, ließ sie meinen Rücken streicheln und genoss die paar Sekunden, die ich noch hatte, bevor ich mich anziehen und in die Schule musste. Ich war Ende des vergangenen Jahres dreizehn geworden, Körperlichkeit zwischen meinen Eltern und mir war selten. Der Dämmerschlaf dieser morgendlichen Augenblicke erlaubte es mir, mich nicht gegen die Hand meiner Mutter zu wehren. Langsam kamen die Gedanken.

Eine Lateinarbeit, für die ich mit meinem Vater die Tage zuvor noch gelernt hatte, stand an. Latein lernen mit meinem Vater. Er war nicht der Geduldigste, ich nicht der Begabteste und diese Kombination nicht die beste. Ich sog den Geruch des Kissens ein, streckte mich ein wenig, versuchte, mir die Geborgenheit des Betts, die Besonderheit dieses Moments zu bewahren.

»Johann, ich muss dir etwas sagen.« Der Klang der Stimme meiner Mutter war nicht wie sonst.

Ich kannte diesen Eröffnungssatz von früheren Situationen. Er verhieß nichts Gutes. Das war mir schlagartig klar. Behutsam schien meine Mutter den nächsten Satz vorbereiten zu wollen.

»Wir müssen jetzt gemeinsam ein Abenteuer bestehen. Jan Philipp ist entführt worden. Die Entführer wollen zwanzig Millionen Mark. Die Polizei hat einen Krisenstab eingerichtet. Christian Schneider ist auf dem Weg hierher. Ich weiß ganz sicher, dass es gut ausgehen wird, aber bis dahin wird es schwer für uns werden.«

Es war der 25. März 1996, es war Frühling, und mein Leben sollte von da an ein anderes sein. Es sollte keinen unbeschwerten Frühling mehr für mich geben, kein Vogelgezwitscher ohne diesen Satz in meinem Kopf, ohne meinen ersten Gedanken an die Lateinarbeit, die ich hätte schreiben sollen und die ich, das war mir in diesem rasenden Chaos sofort klar, verpassen würde. Meine Mutter sah mich an, als wolle sie mit ihrem Blick in meinem Kopf die Gewissheit einbrennen, dass wir es schon schaffen würden, dass mein Vater nicht ermordet würde, dass alles – was auch immer das sein mochte – gut ausgehen werde.

Die Lateinarbeit. Das war der erste Gedanke, der mir kam. Erleichterung über die Möglichkeit, diesen Schultag zu umgehen, und eine Sekunde danach ein brennendes Feuer, als würde das gesamte Römische Reich in meinem Brustkorb lichterloh in Flammen stehen. Ein Gefühl, als ob mein Magen zerquetscht und meine Eingeweide zerrissen würden. Ein heißer Stich, der quer durch meinen Körper fuhr. Ein Gefühl, das mich und mit mir meine Mutter von diesem Planeten, aus dieser Galaxie zu katapultieren schien. Hinein in eine Welt, von der wir noch nicht mal wussten, ob wir dort würden atmen können.

Ich schämte mich in Grund und Boden, dass mein erstes Gefühl die Erleichterung darüber war, die Lateinarbeit nicht schreiben zu müssen. Es war so profan, unwichtig, absurd, so gemein und dumm, aber es war auch wahr. Mein Vater wurde entführt, und ich hatte erst mal keinen anderen Gedanken als den an die Lateinarbeit.

Warum war ich am Tag zuvor nur so genervt gewesen von meinem penetrant schlauen Vater? Das schlechte Gewissen sollte über Jahre anhalten. Wie wenig ich in diesen ersten Sekunden des Schocks meine Gefühle unter Kontrolle hatte. Von der Sekunde der Erleichterung herab zum Gefühl des rücklings Hinunterfallens ins bodenlose Schwarz des zwitschernden Frühlingserwachens.

Mein Vater wurde entführt. Ohne Fragezeichen. Krisenstab. Dieses Wort schien mir plötzlich gar nicht mehr wie ein Fremdkörper in meinem Leben.

Krisenstab: runder Tisch, Zigarettenrauch, Computer, Papiere, helles künstliches Licht in einem Raum tief unter der Erde. Und dort: Experten.

War keine schlechte Vorstellung. Kannte ich abstrakt aus Filmen. Wie abstrakt eigentlich? Ich erinnerte mich an den legendären »War Room« mit rundem Tisch, Männern, ausschließlich Männern, die unter einer riesigen Neonröhren-Ellipse sitzen. Es würde sich noch zeigen, wie verdammt konkret meine Vorstellungen in diesen ersten Sekunden des Schocks waren und wie abstrus die Realität war.

Ich vergaß zu atmen. Bemerkte einen Druck in der Brust. Sog schnell Luft ein. Mir wurde kurz schwindelig. Meine Gedanken begannen zu rasen, um dann unvermittelt zu stoppen.

Ich war mir sicher, dass mein Vater sterben würde. Vielleicht sogar bereits gestorben war.

Genauer: ermordet. Zu Tode gefoltert oder, noch schlimmer: gefoltert, ohne bislang daran zu sterben. Gestorben zu sein.

Die Entführer werden das Geld bekommen, und dann werden sie ihn ermorden. So läuft das immer, wieso sollte es diesmal anders sein? Das Ende war also klar. Nur wie würde der Anfang sein?

Aus der spontanen Reaktion wurde wenige Tage später der Überlebensplan meiner Mutter und mir. Ohne Hoffnung, so der Plan, auch keine Enttäuschung. Vor allem durften wir uns nicht zu früh freuen. Es sollte keinen Raum für Enttäuschungen geben.

Doch weißt du, wie du Gott zum Lachen bringen kannst? Erzähl ihm deine Pläne.

Ich schrie. Meine Mutter hielt mich fest. »NEIN!! Nein. Nein. Nein. Nein.«

Vergrub mein Gesicht in den Kissen, um meine Gedanken zu dämpfen, mich von der Welt da draußen zu isolieren, zog die Knie zu meinem schmerzenden Bauch, in

Kleinkindhaltung, und schrie, schrie, schrie. Drehte mich zu meiner Mutter, die versuchte, mich zu umarmen. Warf mich wieder auf den Bauch. Es durfte nicht sein! Es konnte nicht wahr sein.

Ein paar verzweifelte Tränen zwischen meiner Mutter und mir. Tränen, entstanden aus der Gewissheit, der unausweichlichen Situation, Tränen, die ich zurückhielt, nahezu in mich zurücksog, um die Angst unter Kontrolle zu halten. Ich musste dieses Abenteuer, wie es meine Mutter so kindgerecht wie möglich verpackt hatte, bestehen.

Mein Kopf übernahm bald die Kontrolle. Oder war es mein Körper, der die Kontrolle übernahm? War mein Körper ruhig, weil mein Kopf es ihm sagte, oder war es mein Kopf, der meinem Körper folgte?

Ich hatte vor Kurzem eine Dokumentation über Astronauten gesehen, die sich auf der MIR in einem lebensbedrohlichen Feuer befanden. Einer der Astronauten sagte, dass er zugesehen habe, wie sein Körper die richtigen Knöpfe drückte. Sein Kopf übernahm, steuerte den Rest des Körpers. Er konnte sich selbst zusehen. So entkörpert fühlte ich mich, nur dass ich kein erlerntes Programm abspulen konnte. Doch auch meine bekannte Welt war weit weg. Nun mussten wir irgendwie wieder dahin zurückfinden.

Es schien mir absurd. Mein Vater entführt? Warum? Zwanzig Millionen. Was war das für eine Zahl?

Meine Mutter hatte mit dem Finger über die Nullen fahren müssen, um die Zahl zu begreifen.

Wie ein Kind, das die Zahlen lernt. 2, 20, 200, 2000, 20 000, 200 000, 2 000 000, 20 000 000.

War das viel Geld? War es für uns viel Geld? Kannte meine Mutter die Antwort?

Nie zuvor hatte ich ernsthaft über Geld nachgedacht. Meine Eltern und ich hatten niemals darüber gesprochen. Es existierte nicht. Zumindest nicht in der Sphäre, die für mich als Kind erreichbar war.

Man sieht das Haus, nicht seinen Wert. Isst das Essen, ohne den Preis zu kennen. Fährt in den Urlaub, ohne zu fragen, was er kostet. Dass meine Eltern Geld hatten, war mir bewusst. Aber das war es auch schon. Ich hielt es, wie es mir meine Eltern vorlebten, ich kümmerte mich nicht darum. Ich verstand noch nicht, dass sie so viel Geld hatten, dass man darüber nicht mehr sprechen musste.

Mir wurde langsam schmerzlich klar, dass wir uns das Stillschweigen über Geld, das Ignorieren der Tatsache, dass wir uns in einer irgendwie exponierten Lage befanden, geleistet hatten. Und mir wurde klar, dass das Leben ohne Zäune, Kameras und Sicherheitspersonal gerade zusammengebrochen war.

Jemand hatte unsere Fahrlässigkeit ausgenutzt und alles zum Einstürzen gebracht.

Ich kannte die Geschichten meines Vaters, dessen Mutter ihn aus Angst vor Entführungen während seiner Schulzeit – er ging auf dieselbe Schule, auf die ich jetzt ging – immer chauffieren ließ. Ich wusste auch, wie sehr mein Vater das verabscheut hatte, und dass er sich, sobald er die Möglichkeit dazu hatte, dagegen wehrte und ebenso gegen nahezu alles, was seine Eltern ihm hinterließen. Nun hatte uns dieses Erbe Jahrzehnte später doch noch eingeholt.

»Was meinst du, wo Jan Philipp ist?«

Das war die Zwanzig-Millionen-Frage.

»Ganz sicher nicht weit weg!«, antwortete meine Mutter mit beruhigender Stimme und erklärte, dass die Entführer außerdem »nur« Geld wollten. Die Art, wie der Erpresserbrief geschrieben war, schien darauf hinzudeuten, dass sie nicht aggressiv waren, sondern rational vorgingen.

Meine Mutter versuchte, ein Bild der Situation zu zeichnen, das nicht ganz so düster war wie das Bild, das ich in meinem Kopf hatte. Dass der Brief vor der Haustür meines Vaters mit einer Handgranate beschwert worden war, erfuhr ich erst später am Tag. Dass meine Mutter diese hatte hochheben müssen, um an den Brief zu kommen, und dass die Granate in diesem Moment, als meine Mutter bei mir am Bett saß, dort noch lag, ebenfalls. Dennoch versuchte sie, mir die Entführer als berechenbare, nahezu vernünftige Verbrecher zu beschreiben. Verbrecher, die mit Geld zufrieden wären und sich an die Regeln hielten. Zu diesen Regeln gehörte offenbar die gentlemanhafte Großzügigkeit, den einzigen Zeugen nicht zu beseitigen.

Eine Handgranate vor unserer Haustür. Auch ohne dieses Detail war mir schon schwindlig gewesen.

Meine Mutter hatte den Brief in der Nacht gefunden, als sie, sich um meinen Vater sorgend, da er um Mitternacht immer noch nicht zurückgekommen war, nach ihm suchen ging.

Plötzlich erinnerte ich mich daran, dass Benni und Franz, unsere Hunde, mitten in der Nacht gebellt hatten, als ich wach wurde und nach meiner Mutter rief. Kurze Zeit später, etwas außer Atem, hatte sie mein Zimmer betreten. Blinzelnd, vom Licht im Flur geblendet, erkannte ich sie im Nachthemd, eine Jacke übergeworfen, in meiner Zimmertür stehen.

»Was ist denn los?«

Irgendwas war anders als sonst.

Normalerweise kam mein Vater nach der *Tagesschau* oder etwas später wieder zu uns nach Hause. Meine Mutter war, getrieben von einem komischen Gefühl, im Schlafanzug hinübergegangen, hatte sich aber nicht ins Haus getraut, sondern nur einmal durch die Fenster auf der Gartenseite geschaut. Das Haus war dunkel. Dann hatten die Hunde bei uns gebellt, und meine Mutter war zurück und in mein Zimmer gerannt.

»Was ist denn los?«, hatte ich noch im Halbschlaf gefragt.

»Jan Philipp ist noch nicht da. Er geht nicht ans Telefon. Ich bin nur genervt, dass er das Telefon nicht hört. Ich war kurz drüben.«

»Warum bist du denn nicht reingegangen?«

»Ich habe mich nicht getraut.«

Ich verdrehte die Augen, legte mich wieder hin und schlief weiter.

Etwas später ging meine Mutter erneut rüber und fand Tante Nudel, eine lebensgroße Statue, die auf dem Weg zur Haustür meines Vaters stand, umgestoßen. Sie lag, eine tiefe Kerbe im Arm, quer auf dem Weg. Eine Blutlache daneben, Blutspritzer an der Wand. Dahinter, auf einer Brüstung, ein Brief. Darauf eine, wie sich später herausstellte, scharfe Handgranate.

Die Kerbe, auch das stellte sich später heraus, war durch den Schlag mit dem Schaft einer AK-47 entstanden.

6:30 Uhr morgens. Wir fingen an zu rechnen.

WENN ALLE FORDERUNGEN ERFÜLLT WERDEN,
WIRD HERR REEMTSMA 48 STUNDEN NACH ERHALT DES
LÖSEGELDES VON UNS UNVERLETZT FREIGELASSEN.

48 Stunden. Endlos lang. Warum überhaupt diese Frist?
Ich wurde den Gedanken nicht los, dass diese Menschen
Zeit brauchten, um meinen Vater zu ermorden, zu vergra-
ben und dann abzuhauen. 48 Stunden schienen dafür eine
angemessene Zeitspanne zu sein. Wir würden also das
Geld übergeben, 48 Stunden warten, um dann langsam
immer sicherer zu werden, dass es nichts gab, auf das wir
warten konnten. Schon jetzt war jede Minute unendlich
lang.

Ich war kein geduldiges Kind. Ich wusste oft nichts mit
mir anzufangen. »Spiel doch mal was«, pflegte mein
Vater mich aufzufordern. »Ich habe als Kind immer ge-
spielt.«

Hatte ein Spiel begonnen? Oder wann würde es begin-
nen? Wann endlich würde die Geldübergabe stattfinden?
Und wie?

BESORGEN SIE DAS LÖSEGELD UND WARTEN SIE
WEITERE ANWEISUNGEN AB

Heute war Dienstag. Vielleicht am Abend oder morgen früh? Wie würden sie sich melden? Per Post? Dann also morgen Mittag. Frühestens. Weitere 24 Stunden. Dann noch mal etwaige Verzögerungen eingerechnet – meine Mutter und ich kamen auf Samstag. Maximal vier Tage!

Minimal 52 Stunden. Spiel doch mal was.

»Das ist zu lange!«, hörte ich mich sagen und sprach damit aus, was wir beide fühlten, während wir jede Sekunde des Morgens innerlich zählten und bewerteten. Die Zeit schien stehen geblieben zu sein.

Wir waren aus unserem Universum hinauskatapultiert worden. Die Zeit, wie wir sie kannten, existierte nicht mehr. Ich schien mich in einer Blase zu befinden, in der die Zeit, wenn sie überhaupt lief, unendlich viel langsamer verging als auf der Welt, die ich kannte.

Wie sollten wir die Zeit bis Samstag überstehen? Vier Tage lang die Luft anhalten in diesem Vakuum? In dieser Atmosphäre, die kein Leben zuließ. Undenkbar! Mein Kopf versucht, meinen Körper zu beruhigen. Mein Verstand versucht, sich an etwas Unverrückbarem festzuhalten. Doch an was? An der Ermordung meines Vaters?

»Ich werde jetzt mal in der Schule anrufen, dass du heute nicht kommst. Ich sage, dass du krank bist. Ich gehe runter. Kommst du nach? Christian müsste auch gleich da sein.« Es war, als ob meine Mutter mit ihrer ruhigen und festen Stimme dem unhörbaren Gedankenkarussell Einhalt gebieten wollte.

Ich schaute sie an, dann aus dem Fenster. Die Sonne schien. Die Vögel zwitscherten. Ein kühler Lufthauch wehte in mein Zimmer. Er roch schon nach Frühling.

Ich nickte.

»Okay.«

Meine Mutter verließ den Raum und ging runter ins Wohnzimmer, um die Schule zu informieren, dass ich krank sei, was gemessen daran, wie ich mich fühlte, eine Untertreibung war.

Ich sollte blutig und nass auf ihrem Bauch liegen dürfen. Meine Mutter hatte die Idee gehabt, mich nicht in Hamburg, sondern in der Paracelsus-Klinik im dreißig Kilometer entfernten Henstedt-Ulzburg zur Welt zu bringen. Dort nahm man die Neugeborenen den Müttern, die soeben ohne medikamentöse Begleitung entbunden hatten, nicht erst einmal weg, um sie zu säubern und zu untersuchen, sondern legte ihnen die noch glitschigen Babys auf den erschlafften Bauch. Heute heißt so etwas Mutter-Kind-Bonding und ist kaum der Rede wert. Am 6. November 1982 musste man dreißig Kilometer dafür fahren und hatte noch nicht mal einen Namen dafür.

Bei meinen Vornamen gaben mir meine Eltern maximale Wahlfreiheit. Auf dem Bauch meiner Mutter lag Johann Wilhelm Karl Jakob Scheerer. Keinen Großvätern, Onkeln oder sonstigen Ahnen wurde hier Respekt gezollt. Ich sollte einfach, so erklärten es mir meine Eltern jedes Mal, wenn ich später die Peinlichkeit meines Namens kritisch hinterfragte, als Erwachsener die Wahl haben. Falls mir einer der Namen nicht oder einfach besser gefiele als mein Rufname Johann. Der Klang der Namenskette – für mich eher ein Rasseln – war ihnen sehr wichtig. Außerdem sollte es von jedem Namen ein Pendant in allen wichtigen Sprachen dieses Planeten geben. John, Carl, Jacob, William, Ioan, Carlos, Jakub und so weiter.

Dieser Auftakt meines Lebens hatte zur Folge, dass ich bis zum heutigen Tage Probleme habe, meinen Namen und meinen Geburtsort in den dafür vorgesehenen Kästchen der Formulare unterzubringen. Die kindliche Sehnsucht nach Normalität, Gleichförmigkeit, nach der schlichten Abwesenheit von Peinlichkeit war beim Ausfüllen von Formularen oft am größten.

Meine Eltern waren 1980 aus ihren jeweiligen Wohnungen und Wohngemeinschaften nach Hamburg-Blankenese gezogen. In die sogenannten Elbvororte. Für meine Mutter war dies die schwerwiegendere Entscheidung gewesen, da sie nicht, wie mein Vater, dort aufgewachsen war, und somit ließ sie sich nur unter einer Bedingung darauf ein: Ein gemeinsamer Freund, Wolfgang, sollte – als angedeutete WG – mit umziehen. Mein Vater ließ sein Elternhaus, in dem er aufgewachsen war, abreißen und ein neues an denselben Platz bauen. Da dies einige Zeit in Anspruch nehmen sollte, kaufte mein Vater ein weiteres Haus fünfhundert Meter die Straße rauf und zog dort mit meiner Mutter, Wolfgang und – nach einem kurzen Ausflug nach Henstedt-Ulzburg zwei Jahre später – Johann Wilhelm Karl Jakob ein.

Mein Vater verbrachte viel Zeit in »seinem« Haus. Diese Einrichtung des parallel in zwei Häusern Wohnens erschien mir nie ungewöhnlich. Ich kannte es nicht anders, als dass mein Vater mehrmals täglich zwischen den Häusern hin und her wanderte. Dieses Von-einem-Haus-zum-anderen-Spazieren meines Vaters hatte für mich als Kind und Jugendlicher immer etwas Zielstrebiges. Meistens mit Büchern unterm Arm ging mein Vater vor oder nach der *Tagesschau* noch mal »rüber«.

Er verbrachte seine Zeit, wie ich es empfand, eigentlich

ausschließlich damit, Bücher zu lesen, zu schreiben und zu tragen. Dies in einer Intensität, die in meinem Leben so schwer wog wie die Koffer, die er mitnahm, wenn wir gemeinsam in den Urlaub fuhren.

Zwei Koffer zu je mindestens dreißig Kilogramm. Gefüllt mit Büchern und Manuskripten, die er, teils fluchend, teils still seinem vermeintlichen Schicksal ergeben, hinter sich herzog oder mit schiefen Knochen schleppte.

Im Urlaub angekommen, sei es am Strand, in der Gondel zum Skifahren oder sogar nebeneinander im Ankerlift, hatte mein Vater dann immer mindestens ein Buch dabei. In der Brusttasche seines Skianzugs ein Reclam, das er, kaum bahnte sich eine potenziell ungenutzte Wartezeit von über dreißig Sekunden an, rasch hervorzog und darin las, bis sich das Leben um ihn herum wieder zu bewegen begann. Viele Male versuchte er, es mir zu erklären: »Johann, lass dir gesagt sein: Nimm immer und überallhin ein Buch mit. Dann kann dir nichts passieren. Dir wird niemals langweilig werden.«

Diese Omnipräsenz von Büchern in meinem Leben bewirkte bei mir nicht unbedingt eine größere Anziehungskraft oder Faszination für das geschriebene Wort. Vielmehr wurden gedruckte Worte zu etwas, das mein Leben als Kind mit einem Vater, der in einem Buch verschwand, sobald sich die Gelegenheit bot, eher langweiliger machte.

Statt es ihm gleichzutun, wie er es sich gewünscht hätte, betrachtete ich ihn. Sah seine Augen über das Papier fliegen, seine Finger die Ecken zu Eselsohren abknicken, las den Titel des gelben Reclams, der mir nie etwas sagte, und versuchte zu verstehen, wie von diesem unscheinbaren Ding eine Anziehungskraft ausgehen konnte, gegen die ein Bergpanorama oder ein gelangweilter Sohn einfach nicht ankamen.

Natürlich las ich. Manchmal aus Freude und manchmal aus Zwang. Doch ich begann auch, Bücher als Konkurrenz zu betrachten. Was musste ich bieten, damit mein Vater mich ihnen vorzog?

Oft wanderten wir gemeinsam von Haus zu Haus, ich hatte in beiden Häusern ein Kinderzimmer. Immer mal wieder verbrachte ich drüben die Wochenenden. Mein Vater, ein ausgezeichneter Koch, briet uns – weit unter seinen Möglichkeiten in der Küche – Fleisch und Kartoffeln. Zum Abend, wenn ich in einem seiner großen schwarzen Ledersessel fernsehen durfte, bekam ich eine Schüssel mit Traubenzucker und ein Glas mit frisch gepresstem Zitronensaft, dazu einen Teelöffel. Wenn ich den Zitronensaft mit dem Löffel in den Traubenzucker träufelte, bildete sich sofort eine süßsaure Insel, die ich aus dem Zucker pflücken und mir auf der Zunge zergehen lassen konnte. Nachdem ich mir gewissenhaft in seinem großen Badezimmer, zwischen Haarwasser und Franzbranntwein stehend, die Zähne geputzt hatte, las mein Vater mir vor. Als ich noch klein war, so klein, dass man das heute als die Zeit für frühkindliche Entwicklungsförderung verstehen würde, las mein Vater mir Arno Schmidt vor. Als er merkte, dass der pure Klang seiner Stimme mich ab einem gewissen Punkt nicht mehr zufriedenstellte, ging er, nach kurzen Intermezzi mit *Puh der Bär* und *Petzi*, zu den Kinderbuch-Klassikern über. *Tom Sawyer und Huckleberry Finn, Emil und die Detektive, Die Schatzinsel, Moby Dick* und vieles mehr. Danach sang er mir Lieder vor wie »Der Tod in Flandern«.

Der Tod kann Rappen und Schimmel reiten,
Der Tod kann lächelnd im Tanze schreiten.

Er trommelt laut, er trommelt fein:
Gestorben, gestorben, gestorben muß sein.
Flandern in Not!
|: In Flandern reitet der Tod! :|

Anders als man meinen sollte, formten sich diese Worte in meinem Kopf nicht zu dunklen Bildern, sondern zu einer Art gruseliger Außenwelt, von der ich nichts zu befürchten hatte und von der man getrost vorlesen und singen konnte.

Mein Vater bildete ein stabiles Dach, über dem ruhig ein Gewitter tosen konnte. Es machte mir keine Angst, sondern bewirkte, dass ich es daheim noch etwas gemütlicher hatte, mit der ruhigen und wohligen Gewissheit, nicht draußen sein zu müssen.

Doch auch drinnen war nicht alles einfach. Mit dem Mitbewohner meiner Eltern, Wolfgang, ging es wie zu erwarten nicht lange gut, und somit lebten wir schnell zu dritt in zwei Häusern. Meine Mutter und ich meistens in dem einen und mein Vater, pendelnd, zwischen Haus Nr. 11 und Nr. 17 derselben Straße.

Aus meinem Zimmer im Erdgeschoss des Hauses meines Vaters hatte ich Zugang zu unserem Garten am Elbhang. Mitten auf der Wiese, von meinem Fenster aus zu sehen, ließ er zu meinem sechsten Geburtstag ein Holzhaus bauen, das ich liebte und zu einer Art Bandenversteck ohne Bande umbaute. Ich dekorierte es mit Postern von Tieren, die sich schnell durch die hohe Luftfeuchtigkeit in der zugigen Hütte wellten. Schlug Nägel und Haken ein, deren Spitzen durch die Holzpaneele der Außenwand hervorstachen, um meine Spielzeugpistolen aufzuhängen. Ich hatte zwei Hocker, einen Tisch und Heu, mit dem ich die Kaninchen im angrenzenden Gehege füttern konnte.

Meine Eltern und ich waren einige Male frühmorgens zum Hamburger Fischmarkt gefahren, um für mich Kaninchen zu kaufen. Die Tiere buddelten sich, kaum waren sie ins Gehege gesetzt, unter dem Zaun hindurch in die Freiheit. Ein Kaninchen wurde, sich gerade in vermeintlicher Sicherheit befindend, vor den Augen meines Vaters – ich war ins Haus gegangen, um dem Tier seine erste Mahlzeit bei uns zu holen – von einem herabstürzenden Sperber gegriffen und flog Sekunden nach seiner Ankunft bei uns in den sicheren Tod. Als ich mit dem Futter in der Hand wieder in den Garten kam, fand ich meinen Vater sichtlich irritiert noch mit dem Kopf im Nacken vor.

Vielleicht als Kompensation für seine, wie mein Vater es wohl empfand, paranoide Mutter war das Grundstück meines Vaters, ähnlich wie das Gehege der Kaninchen, kaum eingegrenzt, geschweige denn mit irgendetwas gesichert, was man ernsthaft als Zaun hätte bezeichnen können. Das Gehege versuchten wir nach den ersten Ausbrüchen mit Drähten und Netzen ausbruchssicher zu machen, der Garten blieb einladend. Sogar die Gartenpforte stand immer offen, damit mein Schulfreund Niklas, der am Elbhang etwas weiter unten wohnte, die Abkürzung zu unserer gemeinsamen Grundschule nutzen konnte.

Mein Vater wollte sich einfach von dem Umstand, viel Geld zu haben, nichts vorschreiben lassen.

Weder wie er lebte noch wie er sich kleidete, welches Auto er fuhr oder wohin wir auf welche Art und Weise reisten. Sicherheitspersonal, Zäune, Kameras, teure Autos, verschlossene Türen oder Alarmanlagen – nichts davon kannte ich, nichts davon schien nötig.

Rückblickend fühlt es sich manchmal so an, als wäre es

eine bewusste Entscheidung meiner Eltern gewesen. So bewusst wie die Entscheidung, erst dann zu heiraten, als es gesetzlich erlaubt war, dass die Frau und das gemeinsame Kind nicht mehr den Namen des Vaters annehmen mussten. Zehn Jahre nach meiner Geburt war es erst so weit. Dreizehn Jahre nach meiner Geburt begann ich darüber sehr froh zu sein.

Unser Leben war nicht öffentlich, aber es war offen. Zwar spielte es sich in zwei Häusern ab, was unbestritten mindestens eines mehr war als bei all meinen Freunden, aber trotzdem wirkte es unangestrengt und entspannt. Wir hatten nichts zu verbergen.

Normal war auch, dass wir Ende Dezember in die Wohnung meiner Eltern nach London-Belgravia flogen, wo wir zu dritt Weihnachten feierten. Eine Stadtwohnung über zwei Stockwerke mit einem verschlossenen kleinen Park, der auf der anderen Straßenseite lag und den wir nie betraten, obwohl wir den Schlüssel hatten.

Mein Vater hatte auch hier eine ausgewählte Bibliothek, die anders als in Hamburg nur zwei Zimmer der Wohnung beanspruchte. Die Bücher darin hatte er alle per Koffer hinein- und die schmale, stählerne Wendeltreppe hinaufgeschleppt. Auch im Urlaub verbrachte er, wenn wir nicht das Museum of National History, The Guinness Museum of World Records oder das Imperial War Museum besichtigten, viel Zeit an seinem Schreibtisch.

Manchmal musste ich mein Nintendo Entertainment System, auf dem ich tagelang Kung Fu spielen durfte, während ich mir mit Walkers Salt & Vinegar Chips und Ginger Ale den Gaumen verätzte, zur Seite legen, damit mein Vater Muhammad-Ali-Boxkämpfe, auf VHS aufgenommen, anschauen konnte.

Die fünfzehn Runden zogen sich länger als normal hin. Pause. Rückspulen. Play. Pause. Und so weiter. Joe Frazier, Sonny Liston, George Foreman, Trevor Berbick. Rumble in the Jungle, Thrilla in Manila. Diese Menschen waren mir so nah wie Han Solo oder Indiana Jones.

Irgendwann verriet mir mein Vater, dass er gerade an einem Buch über den Stil von Muhammad Ali schrieb.

»Das interessiert doch keinen! Linker Haken, rechter Haken, linker Haken, rechter Haken ... voll langweilig.«

Das war meine Meinung.

Mein Vater schmunzelte, nahm sich eine Handvoll Chips und verzog sich mit einem Glas, dessen Inhalt ich leidvoll einmal versehentlich für Apfelsaft gehalten hatte, wieder an seinen Schreibtisch.

Manchmal weckte er mich nachts um zwei, und wir setzten uns gemeinsam vor den Fernseher, um einen Boxkampf zu sehen. Und natürlich war ich gebannt und angesteckt von der Begeisterung meines Vaters. Auch mitten in der Nacht schmeckten mir Chips und meinem Vater sein »Apfelsaft«.

Einigermaßen euphorisiert vom Boxkampf schlief ich jedes Mal auf dem Sofa ein, und mein Vater trug mich, ohne dass ich wirklich mitbekommen hatte, ob etwa Mike Tyson oder Evander Holyfield gewonnen hatte, ins Bett.

Ich verstand den Erfolg des Buchs *Mehr als ein Champion. Über den Stil des Boxers Muhammad Ali* im Jahre 1995 mit zwölf Jahren nicht. Unter anderem auch deshalb, weil mein Vater sich nichts davon anmerken ließ. Ich erinnere ein leichtes, vielleicht triumphierendes Schmunzeln, als er mir eine der hochlobenden Rezensionen zeigte, die die Zeitungen in diesem Jahr brachten, und dass er kurz meine

Prognose »Das interessiert doch keinen! Linker Haken, rechter Haken, linker Haken, rechter Haken … voll langweilig« wiederholte. Ich hatte also unrecht gehabt, das hatte ich verstanden.

Bis auf dieses eine Mal ließ sich mein Vater mir gegenüber niemals in irgendeiner Form Genugtuung anmerken, wenn er als Autor oder Literaturwissenschaftler erfolgreich war. Jeder Erfolg, den er verzeichnete, so schien es, war für ihn nur ein kleiner Schritt hinaus aus dem Vorurteil anderer, alles bloß entweder geerbt oder sich im Nachhinein er- oder gekauft zu haben.

Als ich ihn einmal fragte, ob er stolz auf den Erfolg der »Wehrmachtsausstellung« war, eine Wanderausstellung seines Hamburger Instituts für Sozialforschung, durch die die Verbrechen der Wehrmacht während des Nationalsozialismus einer breiten Öffentlichkeit bekannt gemacht wurden, runzelte er die Stirn und verzog das Gesicht. Allein das Wort Stolz aus meinem Mund schien ihm geradezu körperliches Unbehagen zu bereiten. Er antwortete knapp: »Ich bin noch nie auf etwas stolz gewesen, was ich in meinem Leben gemacht habe.«

Darauf zumindest, schlussfolgerte ich, wohl schon.

Dass andere sich vorstellten, er hätte alles nur seinem Geld zu verdanken, belastete ihn. Stolz war etwas, was man nicht sein durfte. Sein Gefühl, für seinen Lebensstandard im Verhältnis irgendwie zu wenig getan zu haben, ließ Stolz nicht zu. Geld bedeutete Verantwortung. Und dieser Verantwortung konnte man nur mit dem entsprechenden Ernst und der entsprechenden Demut begegnen.

Ich erfuhr nach der Entführung, dass mein Vater im Keller den Kopf der Verbrecherbande gefragt hatte, warum er sich gerade ihn als Opfer ausgesucht hatte. Er antwortete, dass es, da mein Vater sein Vermögen nicht selbst erarbeitet hatte, ihm und seiner Familie auch nicht so wehtun würde, etwas davon abgeben zu müssen. Somit wäre die Geldübergabe vermeintlich schneller und einfacher. Die für Niklas offen stehende Gartenpforte hatte zudem, wie er sagte, die Entscheidung besonders einfach gemacht.

Niemals sah ich im Haus meines Vaters etwas, was ich als Kind als besonders wertvoll eingestuft hätte. Einzige Ausnahme war die Intonation-HiFi-Anlage P1 mitsamt einiger Terzian-Lautsprecher, die sich mein Vater im Rahmen des Neubaus seines Hauses Mitte der Achtzigerjahre von jemandem für Unsummen hatte aufschwatzen lassen. Zwar klang die silbern blitzende Anlage mit ihren Messingschaltern und den mit Klavierlack überzogenen Lautsprechern auf den Marmorsäulen, wie er mir einmal erklärte, unvorstellbar gut – er hatte sie sich in der Werkstatt des Herstellers vorführen lassen –, verstaubte aber unbenutzt.

Als Kind bin ich oft daran vorbeigelaufen. Ab und zu blieb ich stehen und betrachtete die ehemals polierte und nun leicht eingestaubte Anlage. Ich war klein, der Verstärker stand erhöht, die zugehörige Endstufe mit den glimmenden Röhren hinter matt schwarzem Stahlgitter war so schwer, dass sie nur auf dem Boden stehen konnte. So stieg ich manchmal auf den Gitterkasten und spiegelte mein Gesicht im Chrom des Verstärkers. Vier unbeschriftete Drehregler und zwei Kippschalter verstärkten die mysteriöse Anmutung, die diese Anlage umgab. Als Podest des Verstärkers, aus dem ein Dutzend Röhren ragte, diente ein ebenso silberner Kasten. Nahezu gänzlich ohne Bedienelemente. Ein kleiner Schalter an der Front war das

Einzige, was erahnen ließ, dass hier eine wichtige Funktion eingebettet war.

Betätigt wurde der Schalter in meinem Beisein nie. Wenn ich ihn heimlich berührte, passierte oft nichts. Manchmal leuchtete ein kleines Lämpchen auf, dann bewegte ich den Schalter schnell erschrocken zurück nach unten.

Neben diesem faszinierenden Objekt stand ein lackschwarzer Plattenspieler, ebenfalls ohne jede Beschriftung, der sich durch Drehen eines schwarzen Knopfes langsam in Bewegung setzen ließ.

Niemals hatte ich die Anlage in ihrer Gänze in Benutzung gesehen, geschweige denn gehört.

Mein Vater besaß sogar zwei davon. Eine im Wohnzimmer und eine im Arbeitszimmer.

Gesprochen wurde darüber trotzdem nie. Eine Inbetriebnahme der Anlage war ohnehin praktisch ausgeschlossen. Meist standen Bücher davor, lagen Bücher darauf oder versperrten Bücher den Zugang zu den Reglern.

Das kleine Gewicht am Tonarm des Plattenspielers lag oft abgefallen auf dem Plattenteller, der Tonarm ragte gen Decke, da ein umgefallenes Buch ihn aus der Arretierung gestoßen hatte.

Wenn ein technisches Gerät nicht sofort bedingungslos funktionierte, erklärte mein Vater es für Schrott und benutzte es ab sofort nicht mehr.

So erging es diesen Anlagen auch. Wenn ich im Haus meines Vaters war, erlebte ich jahrelang, wie er CDs über einen Ghettoblaster hörte, den er bei TV-Athmer in Blankenese gekauft hatte.

»Das Ding funktioniert wenigstens.«

Er hatte ihn auf die Röhren des Verstärkers aus der High-End-Manufaktur gestellt, die nach und nach zerbrachen, was meinen Vater nicht nur nicht störte, sondern ihm anscheinend eine gewisse Genugtuung verschaffte.

Ich meinte sogar, eine Erleichterung gespürt zu haben, als ich ihn Jahre später fragte, ob ich mich der Lautsprecher und Verstärker vielleicht einmal annehmen sollte, um sie reparieren zu lassen und zu verkaufen.

Ab und zu bekam mein Vater Post. Schwere Kisten oder Kartons, die dann aufgerissen über Wochen im Flur seines Hauses standen. Der Inhalt: Bücher. Alte und neue. Nach und nach verteilt auf Tischen und Stühlen, neben seinem Bett und kniehoch gestapelt links und rechts auf den Treppenstufen, die durch die Bibliothek seines Hauses zu seinem Schreibtisch führten.

Bücher, Bücher, Bücher. Nichts als Bücher. Für nichts anderes, so schien es mir, interessierte sich mein Vater.

Immer wenn man sich mit ihm unterhielt, hatte er eine Referenz aus Büchern parat. Fragte ich ihn bei bevorstehenden Geschichtsarbeiten nach historischen Zusammenhängen, gab er mir einen Abriss von mehreren Jahrhunderten. Lernte ich mit ihm Lateinvokabeln, bekam ich zu jeder zweiten Vokabel einen geschichtlich verankerten Beispielsatz.

Falls mich jemand fragte, was mein Vater von Beruf sei, sollte ich sagen, so riet er mir einmal auf dem Weg zum Kindergarten: »Mein Vater ist Philologe.«

Das Nummernschild seines Volvos, HH DP-902, merkte ich mir, ebenfalls einem Ratschlag meines Vaters auf der gleichen Autofahrt zum Kindergarten folgend, anhand des Satzes »DP, lieber Sohn, merk dir das, steht für Displaced Person.«

So unverständlich es damals für mich war, so treffend finde ich es jetzt.

Die Lateinarbeit war längst aus meinem Kopf verschwunden. Im Erdgeschoss erwartete mich meine Mutter.

Einen Jungen ohne Gefühle. Ohne Hoffnung. Ohne eine leise Ahnung, was jetzt passieren würde.

Ich setzte mich an den Frühstückstisch, zwei gegenüberstehende Bänke, ein Tisch dazwischen in einer Art Erker. Die sogenannte Essecke mit Blick auf die Elbe und, über ein paar Gärten hinweg, das Haus meines Vaters, etwas erhöht an einem Hang.

Kein Licht brannte dort drüben. Mit einem Blick erkannte ich, dass das Haus leer war.

Etwa eine Stunde saßen meine Mutter und ich gemeinsam in der Essecke und aßen nicht. Es war still im Haus. Uns fehlten die Kraft und eine Idee, wie wir diese Stille vertreiben könnten.

Jemand schien sämtliche Energie aus diesem Haus gesaugt zu haben. Alles war plötzlich durch einen groben Gewaltakt hinweggefegt. Dann sprachen wir doch. Vorsichtig. Wir sprachen darüber, was wohl passieren würde und was geschehen war.

Meine Mutter erzählte mir, dass die Spurensicherung schon beim Haus meines Vaters arbeitete. Noch hatte ich weder Polizei oder sonst irgendjemanden gesehen.

»Die haben mir gerade erzählt, dass es bei Jan Philipp

drüben in der Garderobe aussieht, als hätte ein Kampf stattgefunden. Überall aufgeschlagene Bücher und Papierschnipsel. Herumliegende Pflaster und offene Brieftaschen. Ich habe ihnen gesagt, dass das immer so aussieht. Da hat kein Kampf stattgefunden.« Meine Mutter zog die Schultern hoch und ließ sie wieder sinken. Wir lächelten vorsichtig.

Ich sah mich um. Vor einer Woche waren wir aus dem Skiurlaub zurückgekommen. Mein Vater hatte sich an der Hand verletzt, und die Wunde heilte aufgrund der Kälte nicht so gut. Darum die Pflaster in seiner Garderobe. Ohnehin sahen unsere Häuser momentan wüst aus. Unsere Putzfrau war seit einigen Wochen wegen einer Depression im Krankenhaus, und aufgeräumt wurde wenig. Von mir schon gar nicht. Ich hatte mir angewöhnt, meine Sachen einfach dort fallen zu lassen, wo ich sie vermutlich als Nächstes würde gebrauchen können. Klamotten im Flur, Chips vor dem Fernseher. Ein praktisches System, das meine Mutter ab und zu, wenn es ihr zu viel wurde, untergrub, indem sie aufräumte. Dies war länger nicht geschehen, und so sah es bei uns tatsächlich so aus, als hätte ein Kampf stattgefunden.

»Ja. Das ist normal«, antwortete ich. Schublade auf, Ergebnis rein, Schublade zu.

Ich merkte, wie unser Alltag auf einmal von außen beurteilt wurde. Er wurde analysiert und bewertet.

Mussten wir jetzt aufräumen? Oder durften wir gar nicht?

Ich erinnerte mich, wie vor einigen Jahren im Haus meiner Mutter eingebrochen worden war.

Wir waren abends zu dritt nach Hause gekommen und hatten ein großes Durcheinander vorgefunden. Wir waren geschockt. Nach ein paar Minuten fing ich an, die Dinge, die auf dem Boden verstreut waren, aufzuheben und an ihre Plätze zurückzustellen, als mein Vater, lauter und eindringlicher, als er es vermutlich wollte, schrie: »Stopp! Nicht anfassen! Das muss die Polizei nachher auf Spuren untersuchen!«

Erschrocken ließ ich die Murmeln und einen Kerzenständer fallen und bekam noch mehr Angst.

Jemand war in unser Leben eingedrungen, und dieses Leben war nun zu einem Tatort geworden, an dem wir nichts mehr zu suchen hatten. Jemand anderes hatte schon alles gefunden.

Als Nächstes würde die Polizei eindringen.

Um acht Uhr kamen die Gäste, auf die wir ungeduldig gewartet hatten. Johann Schwenn, der Anwalt und Freund meines Vaters, Christian und seine Frau Cordelia waren mit dem Auto aus Frankfurt angereist, nachdem meine Mutter sie schon in der Nacht angerufen hatte. Christian war es, der meiner Mutter am Telefon sagte, sie sollte »ruhig, ganz ruhig« noch mal rübergehen und den Brief holen. Sie müssten genau wissen, was drinsteht.

WIR HABEN HERRN REEMTSMA ENTFÜHRT!!!
WIR FORDERN EIN LÖSEGELD VON 20 000 000 DM
DAVON IN SCHWEIZER FRANKEN 10 000 000
REST IN DM 8 000 000
NUR GEBRAUCHTE TAUSENDER KEINE SERIEN
ZUSAMMEN 18 000 SCHEINE
KEINE MARKIERUNGEN – CHEMISCH ODER
UNTER UV-INFRAROTLICHT SICHTBAR
WIRD VON UNS GEPRÜFT!!!
ÜBERGABEMODALITÄTEN FOLGEN MIT LEBENSBEWEIS

DAS EINSCHALTEN VON PRESSE UND POLIZEI
BEDEUTET DEN TOD
WENN ALLE FORDERUNGEN ERFÜLLT WERDEN WIRD
HERR REEMTSMA 48 STUNDEN NACH ERHALT DES
LÖSEGELDES VON UNS UNVERLETZT FREIGELASSEN
BESORGEN SIE DAS LÖSEGELD UND WARTEN SIE WEITERE
ANWEISUNGEN AB

Danach entschlossen sich meine Mutter und Christian, die Polizei zu alarmieren. Für den Fall, dass unser Telefon abgehört oder wir sonstwie überwacht wurden, sollte Christian das übernehmen. Es schien sicherer, wenn wenigstens meine Mutter selbst die Forderungen im Brief befolgte.

Christian, ein Kulturwissenschaftler und Sozialpsychologe, war ein vertrauter Freund meiner Eltern und mir, mit dem ich über ein paar Jahre immer mal wieder Bergsteigen und Klettern ging.

Ohne meine Eltern und in Begleitung eines Bergführers, Raimund, der im letzten Jahr, 1995, tödlich verunglückt war, waren wir ins Stubaital, an den Gardasee oder in die Alpen gefahren, um dort, angeseilt mit Helm und Karabinern oder frei, mit dem Wasser eines Sees im Rücken, Berge und Felsen zu besteigen.

Johann Schwenn, Christian, Cordelia, meine Mutter und ich saßen eng beieinander in der Essecke. Cordelia schob sich einen Stuhl ans frei stehende Kopfende des Tisches, was es mir ermöglichte, die Füße auf die Bank zu stellen und meine Knie zu umklammern. Die Stimmung war nicht mehr ganz so matt wie noch kurz zuvor zwischen meiner Mutter und mir. Die Taubheit wandelte sich langsam in Aufregung und eine Art nervösen Tatendrang. Nur gab es leider nichts zu tun, und so blieb eine unangenehme Spannung zwischen allen im Raum, die sich nicht entladen konnte. Dunkle Wolken waren aufgezogen, ein Unwetter angesagt. Die Luft drückte bereits, aber der Blitz, der Donner und der prasselnde Regen ließen auf sich warten.

Würde dies nun der Normalzustand sein? Und wenn ja, für wie lange?

Um doch etwas zu tun, ging meine Mutter nach draußen in den Vorgarten zum Briefkasten, um nach einer Nachricht der Entführer zu schauen. In diesem Moment fuhr ein Wagen vor.

Das Gespräch zwischen Christian und mir verstummte, ich sprang auf, stieß mir die Knie am Tisch, drängelte mich an Cordelia vorbei und lief zur Tür. Meine Mutter kam mir entgegen. Gefolgt von zwei Männern. Sofort verlangsamte ich meinen Schritt und blieb stehen.

Die Männer stellten sich als Vera und Nickel vor. Dies, sagten sie, seien ihre Decknamen, mit denen sie sich von nun an ansprechen würden und die auch wir nutzen sollten, sobald wir vor Dritten über sie sprachen. Vera war älter als meine Mutter, kräftig, glatt rasiert, wenig Haare, Nickel groß, jünger, sportlich, dunkle Haare, dunkler Dreitagebart.

Sie seien die Angehörigenbetreuer.

Aha, wir sind dann wohl die Angehörigen, dachte ich.

Irgendwie waren mir beide sofort sympathisch. Sie hätten unterschiedlicher kaum sein können, auch das beruhigte mich. Es schien mir, dass diese beiden Menschen zu zweit alle nötigen Kompetenzen würden abdecken können.

Sie begrüßten Christian und Cordelia sowie Johann Schwenn, und ich setzte mich wieder in gewohnter Pose auf die Bank. Die Beine angewinkelt und umschlungen, als Abstandhalter zwischen mir und dem Rest der unvertrauten Gruppe.

Das Angebot meiner Mutter, einen Kaffee zu trinken, lehnten beide ab. »Vielen Dank, aber wir haben schon viel Kaffee getrunken und sind selbst etwas aufgeregt. Wir möchten lieber gleich anfangen.«

Anfangen. Anfangen? Ich war froh, dass nun zwei Menschen unter uns waren – in diesem fremden Universum der Unsicherheiten –, die wussten, mit was man anfangen konnte.

Im gleichen Atemzug hatte Vera schon eine schwarze Mappe aus seiner Tasche geholt und begann unverzüglich darin zu schreiben.

Das Kratzen des Stifts, das Klopfen meines Herzens und das Blut, das in meinen Ohren rauschte. Das taube Gefühl meines Körpers, dazu das Gezwitscher der Vögel und die dröhnende Stille in unseren Köpfen. Das Intro zu den kommenden fünf Wochen. Wann würde der Regen kommen?

Vera schaute von seiner Mappe zu mir auf und dann zu meiner Mutter. Es war klar, dass er unsicher war, ob er offen sprechen konnte. Ich wusste es ja selbst nicht. Wollte ich, dass er offen sprach? Jede Veränderung, jede Erläuterung war willkommen. Doch was würde kommen? Was kann man tun? Was muss man tun? Und was macht dieser Dreizehnjährige eigentlich hier?

Ein Blick von meiner Mutter zu mir. Ich blickte zurück und verzog das Gesicht in einer Art, die alles hätte bedeuten können.

Ich blieb.

Vera begann zu erklären, dass ein Gespräch mit den Entführern anstünde. Anscheinend war meine Mutter diejenige, die es würde führen müssen, und nun galt es, sie darauf vorzubereiten. Vera skizzierte den Ablauf des Gesprächs: Ein paarmal klingeln lassen. Fünfmal bestenfalls. Mit Namen melden. Zahlungsbereitschaft deutlich machen. Codewort festlegen. Informationen über den Zustand meines Vaters gewinnen. Lebensbeweis anfordern. Übergabemodalitäten erfragen oder entgegennehmen und so weiter und so weiter.

Die Worte kamen aus seinem Mund, erreichten meine Ohren und konnten nichts bewirken, um die große Leere in meinem Kopf zu füllen. Rauschen, Dröhnen und Taubheit. Ich merkte, dass ich schon innerhalb dieser wenigen Stunden jemand anderes geworden war. Ich kannte ihn noch nicht, doch fürchtete ich mich davor, ihn kennenzulernen.

Keiner von uns konnte sich vorstellen, wie so ein Gespräch wirklich ablaufen sollte. Klingelte einfach dem-

nächst das Telefon und meine Mutter musste mit einem
der Entführer sprechen?

Diese Vorstellung passte nicht in unser Leben. Für mich
war es völlig unverständlich, wer von uns zu diesem Zeitpunkt welche Aufgabe hatte. Was konnte ich tun? Würde
ich etwas tun müssen?

Würden die Polizisten, die Angehörigenbetreuer diejeni-
gen sein, die einen ersten persönlichen Kontakt dieser
zwei Galaxien würden anleiten können?

Ich zweifelte.

Der Zweifel schien Vera und Nickel aufzufallen, und so
erzählten sie von anderen Entführungsfällen, bei denen
sie im Einsatz gewesen waren. Doch kein Name, keine Geschichte löste bei mir etwas aus. Aber ich spürte eine
Ahnung, dass wir Glück hatten, eben jene Menschen im
Haus zu haben, die tatsächlich wussten, was zu tun war.

Doch! Etwas Bekanntes tauchte auf. Vera hatte den
Kaufhaus-Erpresser Dagobert geschnappt. Die Geschichte
kannte ich.

Eine Geschichte aus der Zeitung hatte Einzug gehalten
in unser Haus. Würde sich die Sachlage bald umdrehen?,
schoss es mir in den Kopf.

Im Anschluss an diese, es war wohl eine Vorstellungs-
runde, kam Vera zum nächsten anscheinend sehr wichtigen Punkt: die Frage, ob die Geldscheine des Lösegeldes
markiert werden sollten.

Ich stellte mir vor, wie die Entführer den Koffer mit dem
Lösegeld öffneten, wie sofort eine Bombe mit unabwasch-
barer blauer Farbe platzte und die Geldscheine und sie am
gesamten Körper für immer markierte. In meinen Gedanken sah ich sie wutentbrannt davonrennen und vielleicht
die Tür zum Verlies meines Vaters offen stehen lassen.

Oder wegrennen und ihn vorher ermorden. Alles war möglich.

Auch die anderen wirkten unsicher. Nach einigem Hin und Her fragte meine Mutter mich nach meiner Meinung.

Da niemand bislang Erfahrungen auf dem Gebiet der biochemischen Markierung von Geldscheinen gemacht hatte, erklärte Vera, was es damit auf sich hatte. Es handle sich um eine besondere, nicht bemerkbare Form der Markierung der Geldscheine. Eine Art der Kennzeichnung, die für Laien nicht wahrnehmbar sei und die Finger der Täter unsichtbar markieren würde. Dies würde ermöglichen, jeden, der Kontakt mit dem Lösegeld hatte – und natürlich auch das Lösegeld selbst –, im Nachhinein zu identifizieren. So könne es gelingen, die Täter zu fassen.

Die Täter fassen. So, wie Vera damals auch Dagobert gefasst hatte. Hatte ich nicht in der Zeitung gelesen, dass Dagobert einmal entwischt war, weil der Polizist, der ihn verfolgte, auf einer Bananenschale ausgerutscht war? Hatte ich nicht immer Sympathien für den Erpresser Dagobert gehabt? War er nicht irgendwie einer von den Guten? Und hatte ich mich nicht über die Polizisten, in ihrer auf Bananenschalen ausrutschenden Erbärmlichkeit, lustig gemacht?

Vor zwei Stunden hatte ich noch Angst vor einer Lateinarbeit gehabt. Nun hatte ich Angst davor, dass wir eine Entscheidung trafen, die zum Tod meines Vaters führen würde. Vorausgesetzt, er war nicht ohnehin längst ermordet worden.

Die Markierung würde acht bis zwölf Stunden dauern. Ich war dafür. Alle anderen auch. Unter der Bedingung, so meine Mutter, dass die Polizei erst nach den Tätern suchen würde, sobald mein Vater freigelassen war. Nicht vorher, auch wenn die Geldscheine irgendwie die Möglichkeit dazu geben würden. Und unter der Bedingung, dass ein nicht markiertes Ersatzlösegeld bereitgestellt würde, falls sich die Entführer melden sollten, während das Geld noch markiert wurde.

Nichts sollte, nichts durfte sich verzögern.

Dies war also unsere Entscheidung.

Wurde ich etwa gerade erwachsen, oder tat ich nur so?

Im weiteren Verlauf einigte man sich darauf, dass Johann Schwenn die Verhandlungen am Telefon führen sollte. Und man verständigte sich, ihn von nun an in der Kommunikation Gerhard, wie er mit zweitem Vornamen hieß, zu nennen.

Ich konnte mir unter diesen Verhandlungen nichts weiter vorstellen, war ohnehin kaum in der Lage, der Unterhaltung zu folgen, da ich immer wieder in Gedanken abschweifte. Hellhörig wurde ich erst wieder, als das Gespräch auf die anstehende Geldübergabe kam.

Das Lösegeld, so die Nachricht von Joachim Kersten, sei zu Großteilen besorgt.

Meine Mutter sollte es übergeben.

Joachim Kersten war, wie Johann Schwenn, nicht nur Anwalt, sondern auch ein Freund meines Vaters aus Schulzeiten. Beide waren schon in der Nacht mit meiner Mutter in Kontakt gewesen.

Schwenn war an diesem Morgen als Erstes zu uns gekommen, während Joachim Kersten noch in der Nacht wieder losgefahren war, um sich mit dem Büroleiter meines Vaters, Herrn Fritzenwalder, zu treffen, der das Geld besorgen sollte.

Besorgen, kam es mir in den Sinn, das Wort benutzten in der Welt meines Vaters Menschen, die sich nicht trauten, »kaufen« zu sagen, und versuchten, es irgendwie lässig klingen zu lassen. Die mildere Form war »holen«, die Steigerung kaum möglich. »Genehmigen« käme dann wohl irgendwann.

»Ich habe mir heute Nachmittag einen neuen Fernseher besorgt.«

Verdeckte diese Formulierung nicht auf vermeintlich lockere Art und Weise, dass ein schlichtes, unschönes kapitalistisches Geschäft – Ware gegen Geld – stattgefunden hatte? In Gedankengänge wie diese konnte sich mein Vater über Stunden hineindenken, ja, mit Inbrunst betonen, dass jeder Mensch, der so oder nur so ähnlich sprach, ja vollends von allen guten Geistern verlassen sein musste.

Ich stellte mir vor, wie das ablaufen sollte, und ein Gedanke kam mir sehr schnell. In der Zeit der Übergabe würde ich allein zu Hause sein.

Mein Vater entführt, meine Mutter auf dem Weg zu den Entführern.

In meiner Vorstellung wurde ich für einen kurzen Moment Vollwaise.

In meiner Angst war ich es danach für immer.

Ich wollte etwas sagen, konnte es aber nicht. Was hatte ich für eine Wahl? Wollte ich, dass mein Vater freigelassen wurde, musste diese Übergabe stattfinden. Anscheinend war meine Mutter diejenige, die dies machen sollte, und wer war ich, dies sabotieren zu wollen? Hielt ich meine Mutter davon ab, tötete dies vielleicht meinen Vater. Ließ ich meine Mutter gehen, töteten die Entführer vielleicht beide.

Vielleicht.

Und war ich im Grund nicht schon viel zu alt, um Angst davor zu haben, eine Waise zu werden? Konnte man erwachsen sein und gleichzeitig Waise?

Ich begann, schwerer zu atmen, öffnete meinen Mund und holte Luft, um etwas zu sagen.

Es lag mir auf der Zunge, den Tod meiner Eltern gegen den meines Vaters einzutauschen.

Durfte ich so egoistisch sein?

Ich wollte etwas sagen, doch meine Mutter schien glücklicherweise den gleichen Gedankengang gehabt zu haben und kam mir zuvor.

In wenigen Minuten stimmten alle zu, Vera notierte sich etwas auf seinem Block, und Johann Schwenn wurde zum Geldboten bestimmt. Ich schloss den Mund, ließ die Luft unhörbar langsam durch die Nase entweichen. Mein Herz schlug. Immerhin. Ich löste den Griff um meine Knie etwas. Mein Kopf füllte sich wieder mit Nebel.

Das Gespräch zog sich über Stunden hin.

Ab und zu trank jemand Kaffee oder aß ein Brötchen.

Polizisten in Zivil betraten unser Haus und verkabelten das Telefon mit einer Tonbandmaschine in einem Koffer und Lautsprechern. Schwenn legte sich eine Matratze daneben, und ich wuchtete den Fernseher aus dem Wohnzimmer in das Schlafzimmer meiner Eltern. Dort, erinnerte ich mich, war noch ein Kabelanschluss, jetzt, wo das Wohnzimmer von fremden Menschen und Maschinen bevölkert war. Was sollte ich auch sonst mit meiner Zeit anfangen? Die Diskussion um das Geld und die Übergabe hatte mich mitgenommen, ich war müde und fühlte mich irgendwie krank. Die Aussicht, am helllichten Tag fernsehen zu können, war wenigstens ein kleiner Lichtblick.

Auf dem Weg nach oben hörte ich, wie Schwenn sich beschwerte: »Es müssen doch noch mehr Fernseher im Haus sein. Und wenn dies nicht der Fall sein sollte, kann der Junge auf das Fernsehen verzichten. Ich brauche meine Entspannung. Gerade ist Harald Schmidt auf Sendung gegangen. Ich möchte das unter keinen Umständen verpassen müssen! Wenn der Fernseher nicht wieder ins Wohnzimmer kommt, kaufe ich einen.«

Ich kümmerte mich nicht um Schwenn und schleppte die schwere Röhre über die frei schwingende Wendeltreppe in den ersten Stock.

Oben angekommen, stellte ich den Fernseher auf den Bettkasten am Fußende des Betts meiner Eltern. Das leere Bett anzuschauen lähmte mich in meiner Unternehmung. Auch vom Schlafzimmer meiner Eltern aus konnte man durch das Fenster das Haus meines Vaters sehen.

Ich zog die Gardinen zu und setzte mich auf die Bettkante vor den Fernseher. Dann legte ich mich auf die Seite meiner Mutter. Die andere war unbenutzt.

Ich breitete die Arme aus und zog ein wenig an der Bettdecke meines Vaters. Dann ein wenig mehr, nahm den zweiten Arm zu Hilfe, setzte mich auf und zerwühlte seine Bettseite.

Den Fernseher ließ ich schief auf dem Bettkasten stehen und verließ das dunkle Zimmer.

Ich schloss die Tür, um deutlich zu machen, dass dies hier mein Fernseher war, und ging ins Badezimmer, um zu duschen.

Am Abend steckte ich den Fernseher ein, legte mich aufs Bett und tat nichts. Eine halbe Tüte Chips hatte ich noch von gestern. Ich entknitterte sie, langte hinein, nahm die Fernbedienung, schaltete den Fernseher ein und fühlte nichts. Ich stellte das Rücken- und Fußteil des Betts meiner Eltern via kabelgebundener Fernbedienung hoch. In der Enge der Situation war ein Freiraum entstanden, den ich versuchte zu genießen.

Eine kleine Genugtuung.

Von unten hörte ich fremde Stimmen. Im Fernsehen liefen *Sesamstraße*, *Alf*, *Jeopardy!*, *Geh aufs Ganze*, *Bezaubernde Jeannie* und die *Bill Cosby Show*.

Ich entschied mich für Letztere und leerte nach und nach die Chipstüte.

Es fühlte sich an wie Urlaub. Urlaub mit schrecklich schlechtem Gewissen.

Irgendwann in der Nacht wachte ich auf. Mein Bauch zog sich sofort zusammen. Mir wurde ein wenig schlecht. Ich hatte kaum etwas gegessen außer Chips, und die schlagartig wiederkehrende Erinnerung an das, was geschehen war, tat ihr Übriges.

Es war ruhig im Haus, nur ein paar Stimmen drangen gedämpft zu mir nach oben. Ich stand auf und schlich die Treppe hinunter.

Die freie Wendeltreppe geriet in Schwingung, als ich die dritte Stufe erreichte.

Ich hatte Angst, dass das Geräusch des Loslösens meiner nackten Füße von den Steinstufen die Menschen im Erdgeschoss auf mich aufmerksam machen könnte. Ich war der Fremde in dieser Nacht. Durfte ich weitergehen? Ich kniete mich auf den fünften Absatz und spähte durch den Spalt der Stufen.

Unten war es dunkel, nur im Wintergarten brannte ein wenig Licht. Ich erkannte die schummrig beleuchtete Uhr an der Wand im Esszimmer. Es war 2:30 Uhr.

Schwenns Matratze neben dem Telefon war leer. Sie

ragte ein Stück vom ehemaligen Fernsehzimmer ins Esszimmer hinein. Nickel lag in der Essecke auf der Bank, die langen Beine auf einen angestellten Stuhl gelegt, und schlief.

Franz, einer unser Hunde, den ich ein Jahr zuvor als Welpen in Portugal aus einer Baugrube gerettet hatte, lag zusammengerollt auf einem Sessel.

Kurz erinnerte ich mich, wie auf unserem Sofa im Urlaub, immer wenn Franz darauf gelegen hatte, ein Fleck von Dreck und Kriechtieren geblieben war. Viermal hatten wir ihn waschen müssen, bis wir wussten, was für eine Farbe sein Fell eigentlich hatte.

Franz war vertraut mit der Situation, verloren zu gehen. Er war gerettet worden, aber er hatte durch den Schock als Welpe das Vertrauen in sämtliche Lebewesen verloren und war zu einem miesen Wadenbeißer geworden. Nur meinen Vater ließ er an sich heran.

»Franz, du fieser Charakter!«, wurde er von meinem Vater regelmäßig begrüßt und auf den Arm genommen, was Franz ein paar Sekunden über sich ergehen ließ, um dann knurrend und schnappend vom Schoß meines Vaters zu springen.

Ich versuchte, den Gedanken an meinen Vater beiseitezuschieben.

Vera und Schwenn saßen im Wintergarten und unterhielten sich. Manchmal lachten sie laut. Wortfetzen drangen zu mir. Ich stand auf der untersten Treppenstufe und lugte um die Ecke. Ich hörte, wie Schwenn sagte: »Den habe ich später auch verteidigt! Das gibt's ja gar nicht.«

Vera lachte. Sie schienen sich über gemeinsame Bekannte zu unterhalten. Verbrecher, die Vera in seiner

Karriere festgenommen und die Schwenn danach verteidigt hatte.

Man durfte also lachen. Das beruhigte mich.

Unser zweiter Hund Benni, ein Entlebucher Sennenhund,
der unterm Esstisch lag, hob kurz den Kopf und sah zu mir
hoch. Ich hielt die Luft an. Ich wollte nicht, dass auch die
anderen mich sahen. Mir wurde kalt. Der Stein unter meinen Füßen schien immer kälter zu werden. Es kam mir
vor, als ob die Schwingungen der Treppe immer stärker
wurden.

Was würde passieren, wenn Nickel aufwachte und
mich sah? Wenn Schwenn und Vera sich ertappt fühlten
bei ihrer recht gelösten Unterhaltung? Wäre es ihnen
unangenehm?

Benni stand auf und schüttelte sich. Ihre Schlappohren
klatschten um ihren Kopf. Ich zog mich am Geländer
empor, lief so schnell und so leise wie möglich wieder
hoch in mein Zimmer und schloss die Tür.

Ich legte mich ins Bett, zog mir die Decke bis zum Kinn,
schloss die Augen fest und wusste nicht, was passieren
würde.

Ich schlief länger als alle anderen.

Im Wohnzimmer angekommen, wurde ich mit der Idee konfrontiert, ich solle doch mit Nicole, einer Freundin meiner Mutter, ins Kino gehen. Im Kino in Blankenese laufe *Jumanji* schon mittags. Ich zog die Augenbrauen hoch und fragte vorsichtig, ob irgendetwas passiert sei.

Ja, vor ein paar Minuten sei ein Brief der Entführer abgefangen worden, erklärte mir meine Mutter. Die Polizei würde das machen, damit wir nicht auf die normale Zustellung warten müssten.

Meine Mutter hatte eine schriftliche Einverständniserklärung abgegeben, es würde aber noch dauern, bis wir ihn zu Gesicht bekämen, da er noch bei der Spurensicherung sei.

Außerdem müsse ein Polizist, den sie Jürgen nannte, ein Faxgerät installieren, damit wir den Brief selbst lesen könnten. Spurensicherung. Jürgen. Faxgerät. Die Worte hallten in meinem Kopf wider.

Ich setzte mich in die Essecke und überlegte, wie es wohl wäre, heute ins Kino zu gehen. Nicole hatte früher oft auf mich aufgepasst und wäre eine gute Begleitung. Ich mochte sie sehr. Doch hatte ich überhaupt eine Wahl?

Meine Freunde waren seit ein paar Stunden in der Schule. War Niklas eigentlich heute durch unseren Garten gelaufen? Wo war mein Vater? Lebte er noch? Ich hatte keine Vorstellung. Was wusste ich über Entführungen? Ich wusste, dass der Entführte umgebracht wird. Entweder sofort, spätestens aber, sobald das Lösegeld bezahlt war.

Ich hatte gestern gelernt, dass man das Lösegeld tatsächlich markieren konnte, aber anders, als das in Filmen funktionierte. Ich hatte gelernt, dass es Entführungen wirklich gab und dass die Möglichkeit bestand, dass mein Vater noch lebte und am Leben bleiben würde. Ich wusste allerdings nicht, ob mich das gerade beruhigte oder noch nervöser machte. Wäre es vielleicht besser für alle, wir hätten Gewissheit über seinen Tod? Dann müssten wir jetzt nicht endlose Stunden darauf warten.

Ich bekam sofort ein schlechtes Gewissen bei diesem Gedanken. Natürlich war es nicht besser. Für niemanden.

So oder so ähnlich mussten sich die Gefangenen im Todestrakt fühlen. Dahinkreuchende Stunden, langsam wahnsinnig werdende Verurteilte und Angehörige, die auf die schreckliche Erlösung warten.

Aber immerhin eine Erlösung. Wie »Lösung«. Oder »sich lösen« aus dem Luft abschnürenden Klammergriff dieser Stunden.

Um kurz vor elf erreichte uns das Fax.

Man sagte mir, die Entführer verlangten, dass wir eine Annonce in der *Hamburger Morgenpost* aufgaben. »ALLES GUTE ANN KATHRIN MELDE DICH MAL« sollte darin stehen. Darunter eine Faxnummer. Sie würden sich dann melden. Wieder wurden wir im Unklaren gelassen, wann es weitergehen würde.

Ich kaute auf einem halben Brötchen herum. Die Schale mit Haribo und Schokolade, die jemand auf den Tisch gestellt hatte, interessierte mich nicht. Christian bediente sich umso mehr.

Schwenn beschwerte sich, dass er noch keinen Kaffee bekommen hatte. Vera fing an, die Filter fürs Kaffeepulver zu suchen, und fand sie nicht. Schwenn wurde ungehalten. Er wollte seinen Kaffee haben, stand aber selbst nicht auf. Vera suchte und suchte. Zog Schubladen auf, öffnete den Kühlschrank, blieb aber ruhig. Ganz Angehörigenbetreuer.

Christian griff in die Schale mit Süßigkeiten, steckte sich ein paar Gummibärchen in den Mund, stand auf und half ihm suchen.

Es vergingen ein paar Minuten, in denen beide die Kaffeefilter suchten. Vera langsam und konzentriert, einer geheimen Logik folgend, Christian etwas hektischer, dafür mit einem ironischen Lächeln auf den Lippen. Im Scherz öffnete Christian, er schaute schmunzelnd zu mir herüber, zu guter Letzt den Mülleimer. Da war er wirklich. Der Goldfilter der Maschine, den Vera in den frühen Morgenstunden versehentlich zusammen mit dem Kaffeesatz in den Müll geworfen hatte.

Erleichterung wehte wie eine frische, schon fast nach Kaffee duftende Brise durch unsere Wohnküche. Schwenn würde seinen Kaffee bekommen.

Christian kochte ihn, immer noch Gummibärchen kauend. Meine Mutter saß bei mir, sie hatte das absurde Treiben ein paar Meter weiter erfolgreich ignoriert, aß nichts und fragte mich, ob ich nicht doch Lust auf Kino hätte. Hier könne ich ja erst mal nichts weiter tun. Alles, was man an diesem Morgen hatte finden können, war gefunden worden.

Während die Spürhunde der Polizei das Grundstück meines Vaters durchkämmten, fuhr einer der Polizisten Nicole und mich ins Kino. Dies, so erfuhr ich später, gab allen anderen im Haus die Möglichkeit, das Foto, das die Entführer dem Brief beigelegt hatten, genauer zu betrachten und zu analysieren. Meine Mutter hatte entschieden, dass ich es vorerst nicht zu Gesicht bekommen sollte.

Es zeigt meinen Vater in einem Jogginganzug, sitzend auf einem Campingstuhl, mit zerschlagener Nase und Platzwunde an der Stirn. Hinter ihm ein vermummter Mann, eine Kalaschnikow auf den Kopf meines Vaters gerichtet.

Mein Vater hält die aktuelle *Bild*-Zeitung mit der Schlagzeile »Schaut her, sie sind glücklich« in den Händen.

Währenddessen schaute ich *Jumanji*.

Ein Film mit Robin Williams, der von einem von zwei Kindern gefundenen Brettspiel handelte. Hatten sie das Spiel einmal begonnen, zwang es sie, zu Ende zu spielen. Bei jedem Zug erschien ein weiteres Hindernis, das die Hauptpersonen auf ihrem Weg zum Ziel behinderte.

Eine Art unausweichliche Geschäftsabwicklung, wie mein Vater später in einem Brief schreiben würde.

Als ich am Nachmittag das Kino verließ, fiel mein Blick auf einen Flyer, der eine Demonstration des Blankeneser Bürgervereins rund um den an unsere Straße grenzenden Süllberg ankündigte.

Ich bekam Angst. Würde das irgendetwas für uns bedeuten? Würde das die Abfahrt zur Geldübergabe verzögern?

Mein Blick auf die Welt hatte sich verändert. Nichts war mehr normal, alles stand im Zeichen einer potenziellen Gefahr. Alles war ein potenzielles Hindernis.

Eben saß ich noch im Kino, abgelenkt von der absurden

Situation zu Hause, von der Angst, etwas in der Schule zu verpassen, dem schlechten Gewissen meinen Freunden gegenüber. Ich hier, Popcorn essend im Kino, und sie in der Schule. Dazu das noch schlimmere schlechte Gewissen meinem Vater gegenüber, der gefangen gehalten wurde, während ich mich zwischen Fernsehen auf dem Bett oder Kino mit Popcorn entscheiden konnte.

Ich nahm den Zettel mit nach Hause, um ihn den Polizisten im Haus zu zeigen.

Irgendwie hoffte ich, dass die Demonstration ein Problem darstellen würde, damit mein Ausflug wenigstens einen kleinen Sinn gehabt und ich vielleicht sogar hatte helfen können.

Zu Hause angekommen, wurde der Flyer tatsächlich sofort an den Führungsstab der Polizei gefaxt mit der Bitte um eine Einschätzung und genauere Informationen. So überflüssig und nichtsnutzig ich mich eben noch im Kino gefühlt hatte – so ausgestoßen –, so sehr fühlte ich mich plötzlich als Teil des Ganzen. Sogar als wichtiger.

Vielleicht hatte ich die Anwesenheit eines Dreizehnjährigen ein kleines bisschen gerechtfertigt.

Als ich mit meinem Flyer hereinplatzte, ging es nicht mehr um das Foto, sondern darum, wer aus dem Bekanntenkreis meiner Eltern als Täter infrage käme.

Ich hörte ein paar Namen und Verdächtigungen.

Rechte Wehrmachtsausstellungsgegner, Menschen, denen ein Darlehen verwehrt worden war, oder vielleicht sogar der Mann von Frau Gutke, unserer Putzfrau. Wenige wurden von der Polizei ausgeschlossen. Niemand vor uns nachhaltig beschuldigt.

Das Gespräch ging hin und her. Ich stellte mir vor, dass mein Vater denjenigen, dem er nachts gegenübergestanden hatte, kannte. Dass er von einem Freund oder Bekannten entführt worden war. Vielleicht sogar von jemandem, den ich kannte.

Plötzlich kam das Thema auf die Blutlache vor der Haustür meines Vaters, die meine Mutter schon in der Nacht entdeckt hatte. Es wurde gemutmaßt, wie stark die Verletzung gewesen sein muss. Da ich das Foto nicht kannte und keine Ahnung davon hatte, dass es zumindest einen genaueren Anhaltspunkt für eine Verletzung meines Vaters gab als das Blut selbst, fiel ich den Diskutierenden ins Wort. »Vielleicht ist es ja gar nicht *sein* Blut! Es kann doch genauso gut sein, dass es das Blut von jemand anderem ist.«

Stille.

Ich merkte, wie alle Beteiligten im Raum um Worte rangen. Was sagt man dem Kind? Wer sagt etwas?

Ich merkte, dass irgendwas an meinem Satz nicht stimmig zu sein schien, wusste aber nicht, was.

Ich hielt an meiner Idee fest. Warum sollte nicht auch mein Vater jemand anderem eine blutende Wunde zugefügt haben?

Vera war der Erste, der reagierte. »Du hast recht«, sagte er. »Wir sollten eine Blutanalyse machen lassen.«

Er stand auf und begann zu telefonieren.

Es war der zweite Moment innerhalb von kurzer Zeit, in dem ich mich nützlich fühlte.

Gleichzeitig fragte ich mich, warum ich, das Kind, der Jugendliche, der Auf-jeden-Fall-nicht-Erwachsene, derjenige war, der auf diese Idee gekommen war. Wenn schon nicht die anderen, dann wenigstens die Polizei.

Ich stellte mir vor, wie mein Vater sich gewehrt hatte. Eine blutige Schlägerei, die er anscheinend letztendlich doch verlor.

Als ich am nächsten Morgen wach wurde, betrat meine Mutter das Zimmer, in der Hand einen langen, dünnen Faxpapierstreifen. Sie setzte sich zu mir auf die Bettkante und erzählte, dass ein neuer Brief der Entführer eingetroffen sei. Auch ein Brief meines Vaters sei angekommen.

SIE HABEN DIE POLIZEI EINGESCHALTET
DAS WAR EIN FEHLER
WENN SIE IHREN MANN LEBEND WIEDERSEHEN WOLLEN
SORGEN SIE DAFÜR DAß JEGLICHE FAHNDUNG BIS ZUR
FREILASSUNG UNTERBLEIBT
SOLLTE DIE BESTEHENDE RASTERFAHNDUNG ANDAUERN
WERDEN WIR UNS EINIGELN UND IHR MANN NOCH
WOCHEN IN SEINER SITUATION AUSHALTEN MÜSSEN
SOLLTE DIE POLIZEI DIE GELDÜBERGABE IN
IRGENDEINER FORM BEGLEITEN ZIEHEN WIR EINE
HÄRTERE GANGART DURCH
DER LEIDTRAGENDE IST IMMER IHR MANN

Meine Mutter las mir den Brief meines Vaters vor.

Liebe Kathrin,
lieber Johann
ich weiß nicht, was passieren wird, aber ich weiß vor allem
nicht, wie lange ich noch Licht zum Schreiben haben

werde. Von meinen Entführern habe ich seit? Stunden nichts mehr gehört, ein Brief, den ich an Dich, Kathrin, Joachim, Herrn Fritzenwalder schreiben sollte, ist nicht abgeholt. Im schlimmsten Falle lassen sie mich hier, wo immer das ist, zurück, und dann geht es mir wie dem Indianer-Joe aus Tom Sawyer. Vielleicht auch nicht, und alles wird gut. Wir werden sehen. Euch möchte ich nur sagen, wie sehr ich Euch liebe und daß ich mit Liebe und Glück an jeden Moment in unserem gemeinsamen Leben zurückdenke. Egal, was passiert, ich habe ein wunderschönes Leben gehabt –
Dank Euch!
Euer Jan Philipp

Sofort hatte ich ein Bild im Kopf.

Indianer Joe war der Bösewicht in *Tom Sawyer*. Mein Vater hatte mir die Geschichte vorgelesen. Seine Begeisterung für die Abenteuergeschichte, die auch er schon als Kind gelesen hatte, hatte auf mich abgefärbt. Ich erinnerte mich genau an die Szene, in der Tom und Becky sich in einer Höhle verlaufen und dort Indianer Joe begegnen, den Tom zuvor bei einem Mord beobachtet hatte.

Indianer Joe versucht, sie zu fangen, doch sie können entwischen. Wieder zu Hause, erfährt der Vater davon, dass sich die Kinder in der Höhle verirrt hatten, und verschließt den einzigen Ausgang, um ein weiteres Unglück zu verhindern.

Tage später öffnen sie die Höhle wieder und finden Indianer Joe verdurstet am Eingang liegen. In völliger Dunkelheit hatte er versucht, sich hinauszugraben.

Ich stellte mir seinen vertrockneten Körper vor. Seine blutigen Finger, mit denen er versucht hatte, Licht in die Dunkelheit zu graben, sein dreckiges, ausgemergeltes Gesicht. Auf der Erde liegend, die Hände ausgestreckt, die offenen Augen erstarrt in verzweifelter Hoffnung.

Der Ausgang der Höhle lag am Wasser. Daran erinnerte ich mich auch. Ein schreckliches Detail. So nah am rettenden Wasser zu verdursten. Was für eine grauenvolle Todesqual.

Ich stand auf, ging zu meinem Bücherregal und fand sofort das Buch. Blätterte bis zu der entsprechenden Stelle und las meiner Mutter vor:

»Als das Höhlentor aufgeschlossen wurde, bot sich dort im Dämmerlicht ein trauriger Anblick. Indianer Joe lag ausgestreckt am Boden, tot, das Gesicht nahe dem Türspalt, als seien seine Augen bis zuletzt sehnsüchtig auf das Licht und die Fröhlichkeit der freien Welt draußen gerichtet gewesen.

(…) Dicht neben Indianer Joe lag sein Bowie-Messer, die Klinge war zerbrochen. Der große Balken, der als Türschwelle diente, war in mühsamer Arbeit durchgeschnitzt worden – eine ganz sinnlose Arbeit, denn draußen bildete der Fels eine natürliche Schwelle, und auf dieses harte Material hatte das Messer keinerlei Wirkung gehabt, es war dabei zerbrochen. Aber auch ohne das steinerne Hindernis wäre die Arbeit umsonst gewesen, denn selbst wenn Indianer Joe den Balken ganz fortgeschnitzt hätte, wäre es ihm niemals gelungen, seinen Körper unter der Tür hindurchzuzwängen, und das hatte er gewußt. Also hatte er nur die Schwelle zerhackt, um etwas zu tun, um diese öde Zeit zu verbringen – um seine gemarterten Sinne zu beschäftigen.

Gewöhnlich waren immer ein halbes Dutzend Kerzenstümpfe ringsum in den Spalten der Eingangshalle zu finden, zurückgelassen von Touristen; jetzt aber waren keine mehr da. Der Gefangene hatte sie zusammengesucht und gegessen. Es war ihm auch gelungen, einige Fledermäuse zu fangen; die hatte er ebenfalls gegessen und nur ihre Krallen übrig gelassen. Der unglückliche Mensch war verhungert. An einer Stelle ganz in seiner Nähe war im Laufe der Zeiten ein Stalagmit vom Boden emporgewachsen, den von einem Stalaktiten herabtropfendes Wasser aufgebaut hatte.

Der Eingeschlossene hatte den Stalagmiten abgebrochen und auf den Stumpf einen Stein gelegt, in den er eine Vertiefung gehöhlt hatte, um den kostbaren Tropfen aufzufangen, der mit der furchtbaren Regelmäßigkeit einer Uhr alle zwanzig Minuten herabfiel – ein Teelöffelvoll in vierundzwanzig Stunden.«

Meine Mutter versuchte, mich zu beruhigen. Uns zu beruhigen. Wir malten uns aus, dass Jan Philipp vielleicht ganz in der Nähe, quasi mit Elbblick, gefangen gehalten wurde. Dann stellte ich mir, weniger beruhigend, vor, dass mein Vater in einer dreckigen, erdigen Höhle eingesperrt war. Ich dachte an ein gen Lichtschlitz immer enger werdendes unterirdisches Verlies. Wie er bäuchlings liegend im Kerzenschein einen Brief schrieb. Immer mit der Angst, die Kerze würde erlöschen und es würde nichts bleiben als feuchte kalte Dunkelheit und ein kleiner Lichtschlitz, durch den er das unerreichbare Wasser sehen konnte.

In diesem Moment schien es mir, als sei nichts, was noch vor zwei Tagen mein Leben bestimmt hatte, übrig geblieben. Ich musste mir ein neues Leben erfinden. Neue Abläufe in einer unbekannten Welt.

Ich überlegte, was ich den restlichen Tag tun könnte. Mir fiel nichts ein. Meine Mutter fragte mich, ob ich etwas vom Einkaufen mitgebracht haben möchte. Mir fiel nichts ein. Süßigkeiten? Chips? Brauchte ich etwas anderes?

Ich hatte mir noch nie über meine eigene Verpflegung Gedanken gemacht. Nun, da meine Mutter anderes im Kopf hatte, schien sie zu erwarten, dass ich in der Lage war, diese Frage zu beantworten.

»Ich brauche nichts. Kann ich mitfahren?«

»Ja, vielleicht. Ich frag mal Nickel, ob du ihn begleiten kannst. Christian will auch mit.«

Ich stellte es mir eigentlich ganz schön vor, mit Nickel und Christian gemeinsam einkaufen zu fahren. Allerdings beunruhigte es mich, dass dafür erst mal eine Erlaubnis eingeholt werden musste.

Es schien aber nichts dagegenzusprechen, und somit fuhren wir zu dritt zum Einkaufen nach Blankenese. An der Kasse erkannte mich die Kassiererin als Sohn meines Vaters.

»Hallo. Möchten Sie auch noch den Zettel begleichen?«, sprach sie Nickel und Christian an.

Mein Vater ging im Blankeneser Einkaufsladen ein und aus, vergaß manchmal sein Portemonnaie und ließ anschreiben. War ich dabei, war mir das immer fürchterlich peinlich, meinen Vater schien es aber überhaupt nicht zu stören.

Nickel und Christian schauten die Kassiererin fragend an.

»Nee, das macht mein Vater morgen. Ist das okay?«, fragte ich. »Oder am Montag?«, fügte ich schnell hinzu. Es war Donnerstag. Ein Schreck fuhr mir wie eine kalte Injektion ins Rückenmark, und ich erschrak über die Vorsehung, die ich soeben ausgesprochen hatte. Könnte es sein, dass sich die Entführung noch weitere drei Tage hinziehen würde?

Nun hatten beide verstanden. Die Kassiererin nickte freundlich, und Christian bezahlte.

Weder im Laden noch auf dem Rückweg verloren wir ein Wort über die Situation.

Wir hatten ein Geheimnis zu bewahren. Und ich hatte ein Versprechen gegenüber der Kassiererin zu halten.

Am Nachmittag klingelte unser Gärtner Herr Spann an der Tür. Meine Mutter hatte beschlossen, unsere beiden Hunde zu ihm in Pflege zu geben.

Keiner von uns konnte mit ihnen rausgehen, weil jederzeit das Telefon klingeln, ein Fax eintreffen oder sonst etwas passieren konnte, was nach einer schnellen Reaktion verlangte. Außerdem kläfften Benni und Franz, sobald jemand aufsprang, weil es an der Tür läutete oder das Telefon klingelte.

Die Hunde abzuschieben war vernünftig, aber es schmerzte mich auch. Sie waren eine Art verlässlicher Anker zum normalen Leben. Benni und Franz verließen mit Herrn Spann das Haus, und ich fühlte mich ein kleines bisschen mehr allein.

Später am Abend, als wir alle gemeinsam am Tisch saßen und Linsensuppe aßen, die Joachim Kersten und Christian gekocht hatten, kam das Ergebnis der Blutuntersuchung.

Es handelte sich ausschließlich um das Blut meines Vaters.

Am Morgen war ein weiterer Brief der Entführer eingetroffen.

Er enthielt Details für eine Geldübergabe. Das Geld
sollte

DURCH ANN KATHRIN SCHEERER PERSÖNLICH UND
ALLEINE ÜBERGEBEN

werden.

Ungebündelt in einen Nylonsack gestopft. Die Polizei
dürfte die Übergabe weder in Zivil noch sonst wie begleiten.

Die Details des Briefs waren kryptisch für mich. Es war
von einem

ORANGES BLINKLICHT DAS SIE AUF DEM DACH
INSTALLIEREN UND DURCH DEN ZIGARETTENANZÜNDER
BETREIBEN die Rede.
DIES GILT FÜR DIE POLIZEI: SOLLTEN WIR BEI DER
ÜBERGABE ODER DANACH GESTÖRT WERDEN ERÖFFNEN
WIR OHNE WARNUNG DAS FEUER

Was lief hier eigentlich ab? Diese Forderungen waren so
absurd, dass sie für mich vollkommen unrealistisch
waren. Die Vorstellung, dass ein Feuer eröffnet wurde,

konnte ich so gar nicht mit meinem Leben in Verbindung bringen.

Jetzt überfielen mich Bilder einer Autoverfolgungsjagd durch die dunkle Nacht, einzig erhellt durch ein orange-farbenes Blinklicht und Mündungsfeuer. Die Menschen trugen Hüte, hatten Zigaretten im Mund, die sie mit Streichhölzern angezündet hatten, sie benutzten altmodi-sche Maschinengewehre mit runder Trommel zwischen Lauf und Schaft. Schwenn mit Hut. Meine Mutter, beleuch-tet vom orangenen Blinklicht. Ich saß im Wohnzimmer und versuchte, dieses Szenario mit der Wirklichkeit zu-sammenzubringen.

Das einzig Greifbare waren die letzten Sätze:

ES BESTEHT FÜR SIE KEINE GEFAHR WENN SIE TUN WAS
WIR WOLLEN
HALTEN SIE SICH AB MONTAG 21 UHR JEDE NACHT AB
21 UHR BIS 6 UHR BEREIT
SOLLTE ALLES GLATT ABLAUFEN IST IHR MANN
48 STUNDEN SPÄTER FREI

Es war erst Freitag. Was sollten wir den ganzen Tag, das ganze Wochenende über tun?

Unser Haus war verkabelt und voll mit Menschen, die hier nicht hingehörten. Oder war ich es, der hier nicht hin-gehörte?

Die Vorstellung, noch mindestens vier Tage und vier Nächte so zu verbringen, machte mich wahnsinnig. Die Erwachsenen begannen darüber zu sprechen, wie man die Entführer davon abbringen konnte, dass meine Mutter die Geldübergabe machen musste.

Ich stand langsam auf und ging Richtung Treppe. Meine Mutter folgte mir und nahm mich in den Arm.

»Ich werde die Polizei bitten, sich etwas auszudenken, damit du dich ein bisschen ablenken kannst. Die haben bestimmt eine gute Idee, was sie mit dir machen können. Was meinst du? Ist doch irgendwie auch ihr Job.«

Ich zuckte mit den Schultern.

»Okay.« Ich war Angehöriger und musste betreut werden.

Sie drückte mich noch mal.

»Wir schaffen das, Johann! Es wird alles gut ausgehen! Die Polizei hat mir mehrfach gesagt, dass es noch nie eine Entführung mit einer so hohen Geldsumme gegeben habe, die schlecht ausgegangen sei. Es ist sehr wahrscheinlich, dass Jan Philipp bald wieder nach Hause kommt. Ich glaube wirklich, dass alles gut ausgeht.«

Ich nickte und versuchte, ihr zu glauben. Versuchte, mir nicht zu glauben. Versuchte, auf die Polizei zu vertrauen und auf die Entführer.

»Ja, sowieso – was denn sonst.«

Mittags kam Nickel in mein Zimmer. Die Art, wie er sich auf der Bettkante gegenüber von meinem Schreibtischstuhl, auf dem ich gerade saß, niederließ – ruhiger als nötig, als hätte er Angst, etwas kaputt zu machen –, ließ mich erahnen, dass es eine Neuigkeit gab, die kindgerecht verpackt werden musste.

Er sah mich an, lächelte freundlich, einen Zettel und einen Kugelschreiber in der Hand.

»Du müsstest mir mal helfen, bitte. Du kennst doch sicherlich das Kennzeichen vom Volvo deiner Eltern auswendig. Kannst du es mir mal bitte sagen. Wir brauchen das.«

Hitze stieg in mir auf. Natürlich kannte ich das Kennzeichen meiner Eltern auswendig. HH – ... wie war das noch

63

gleich? Innerhalb von Sekunden merkte ich, dass ich es nicht mehr zusammenkriegte.

HH ... Sollte ich ihm einfach sagen, was mir in den Sinn kam? Mir etwas ausdenken? So schlimm würde ein Fehler schon nicht sein. Konnte ich einfach irgendwas sagen, oder brachte das meinen Vater in Gefahr?

Nickel lächelte. Er wollte sichtlich keinen Druck aufbauen. Nur freundlich sein und mich mit einbeziehen. Ich war allerdings im Begriff, kläglich zu versagen.

Ich hatte am Morgen aufgeschnappt, dass die Polizei eine sogenannte Dublette vom Auto meiner Eltern anfertigen lassen wollte. Voll mit Technik zur Verfolgung und Überwachung während der Geldübergabe. Das letzte Detail, das sie brauchten, schien das Kennzeichen zu sein.

Der Volvo meiner Eltern.

Kennzeichen ... HH ... Ich wusste es nicht mehr.

Was hing davon ab, dass ich mich an das Kennzeichen erinnerte?

Ich hatte den Flyer vor ein paar Tagen mitgebracht, der auf die Demonstration in der Nähe hinwies. Ich hatte die Blutuntersuchung in Gang gesetzt.

Hing jetzt auch der Erfolg der Geldübergabe an mir?

Ich erinnerte mich an die Jahre zurückliegende letzte Fahrt in dem Vorgängerauto, da mein Vater es verkaufen wollte, weil es keinen Katalysator hatte.

Er hatte es mir lang und breit erklärt. Wie es sich verhielt mit den Abgasen, der Umweltverschmutzung und so weiter, bis er endlich dazu kam, dass wir nun ein neues Auto bekommen würden.

Ich war ein wenig traurig, denn irgendwie hing ich an diesem alten Auto.

Im Kindergarten angekommen, erzählte ich es beim Mittagessen Kindern und Erziehern.

Mit großen Augen sahen sie mich an.

Ich erinnerte mich noch daran, dass ich nicht verstand, warum einige Erzieher die Augenbrauen hochzogen und ein paar lächelten, indem sich nur die Mundwinkel nach oben zogen, die Augen aber fragend schauten.

Wie Nickel, der auf der Bettkante saß, ein bisschen kindgerecht dosierte Freundlichkeit gemischt mit einer Prise Mitleid.

Etwas leiser wiederholte ich den Satz: »Mein Vater kauft sich ein neues Auto, weil das alte dreckig ist.«

»Ich ... äh ... also HH – und dann ...«

Nickel, selbst Vater von zwei Töchtern, merkte, dass seine gut gemeinte Idee, mich auf irgendeine Art zu involvieren, um mir das Gefühl zu geben, auch ich könne etwas bewirken, zu scheitern und sogar ins Gegenteil zu kippen drohte. Ich versuchte, die Fassung zu wahren, doch Tränen schossen mir in die Augen. »HH ...«

»Schon gut«, lächelte mich Nickel an. Er rollte das Papier auf und steckte den Stift wieder in seine Hemdtasche. »Kein Problem! Wir können das ganz einfach rausfinden. Ich dachte nur, ich spare mir den Anruf im Präsidium und frage schnell dich. Kinder wissen doch immer die Nummernschilder von den Autos der Eltern. Fällt dir bestimmt gleich wieder ein. Macht gar nichts!«

»Ja – ich hab's irgendwie vergessen«, stotterte ich verwirrt. Nickel verließ das Zimmer und lehnte die Tür behutsam und geräuschlos an. In meinem Zimmer war es still. Was hatte ich überhaupt gemacht, bevor Nickel hereingekommen war? Es hatte sich alles um mich herum aufgelöst. Ich war nur noch mein Versagen.

»HH – DP 902«, erinnerte ich mich plötzlich. Ich bekam eine Gänsehaut. Sprang von meinem Schreibtischstuhl auf, bewegte mich aber nicht weiter. Ich ballte die Hände zu Fäusten, übersteifte die Finger sogleich in die andere Richtung. Lief zwei Schritte zur Tür und tat nichts weiter.

Ich traute mich nicht mehr nach unten. Zu groß war mein Versagen. Meine Kehle war zugeschnürt.

Langsam holte ich wieder Luft, doch ich rief es nicht runter ins Wohnzimmer:

Displaced Person!

Um 9:30 Uhr brachte das MEK die »präparierte Dublette« des Volvos.

Ich rannte die Treppe hinunter und schaute aus der Haustür.

Da stand ein Auto, das mit dem Auto meiner Eltern nichts gemein hatte.

Wie auf einem »Finde den Fehler«-Bild, nur umgekehrt, versuchte ich, Gemeinsamkeiten zwischen den beiden Autos zu finden.

Es gab keine.

»Das soll eine Dublette sein?«, brach es aus mir heraus. »Unser Auto hat ein Schiebedach! Es sieht innen komplett anders aus und hat eine total andere Farbe!!«

Ich war perplex. Vera und Nickel standen erschrocken neben mir. Meine Mutter kam auch nach draußen und legte einen Arm auf meine Schulter.

Veras kurzer Schreckmoment schlug in Ärger um.

Er griff zum Telefon, während Nickel mir mit zusammengepressten Lippen schuldbewusst zunickte. HH DP – 902 war das Einzige, was stimmte.

»Wie soll ich dem Sohn versichern, dass die Polizei bei

einer möglichen Geldübergabe korrekt arbeitet, wenn schon die Bereitstellung eines Fahrzeugs nicht fehlerfrei erfolgen kann?«, hörte ich Vera aus dem Wohnzimmer.

Ich war entsetzt. Die Situation schien gerade zu entgleisen.

Wir gingen wieder hinein. Alle waren fassungslos. Wer hatte noch die Kontrolle? Wie wichtig war meine Aussage gewesen? War das vielleicht alles normal? War es vielleicht unmöglich, den exakten Doppelgänger eines Autos bereitzustellen, und achtete möglicherweise niemand außer mir auf die Details?

Ich wusste es nicht. Ich hatte keinen Vergleich.

Immerhin war mein Versagen vom früheren Morgen in Vergessenheit geraten, und ich fühlte mich nicht mehr ganz so nutzlos.

Vier Tage war ich nun schon nicht mehr in der Schule gewesen, und meine Mutter fragte, ob ich wieder hinwolle. Christian, der mitgehört hatte, schaute mich ebenfalls fragend an.

Ich konnte es mir nicht vorstellen. Ich konnte mir allerdings auch nicht vorstellen hierzubleiben.

Mein Platz schien logischerweise eher in der Schule zu sein, allerdings war es mir trotzdem unmöglich, eine Entscheidung zu treffen. Wollte meine Mutter mich loswerden? War hier ein Ort für Erwachsene, und ich sollte an einen Kinderort? Ich wusste gar nicht mehr genau, wie man sich als Kind fühlt. Wie Schule geht. Ich schüttelte den Kopf. So unbekannt hier alles war, so eingespielt war unsere Gruppe von Menschen in so kurzer Zeit geworden.

Auch wenn ich mich fremd fühlte, hatte ich hier meinen Platz.

Nickel meldete sich zu Wort.

Die Angehörigenbetreuer hatten sich überlegt, was sie mit mir unternehmen könnten. Ich sollte, so ihre Idee, das Polizeipräsidium besichtigen. Dort könnte ich sehen, wie an »unserem Fall« gearbeitet wurde.

Ich war gespannt. Dachte wieder an den großen runden Tisch, hochgekrempelte Hemdsärmel und die ovale Neonröhre.

Nickel und Vera verzogen sich für ein kurzes Gespräch ins Fernsehzimmer. Ich zog meine Schuhe an, warf mir eine Jacke über. War abfahrbereit.

»O.k., es kann losgehen!« Nickel kam zu mir. Freundlich und ruhig wie immer. »Wir fahren aber in die Verkehrsleitzentrale. Das ist besser.«

Der Plan hatte sich geändert. Halb so schlimm, dachte ich.

Kaum im Auto, klingelte Nickels Handy. Es war ein kurzes Gespräch. Er legte auf und sagte, dass wir nun zum Flughafen fahren würden. Dort würde gerade ein Flugzeug gebaut, das könnten wir uns mal anschauen.

»Zum Flughafen?« Ich war verwirrt. »Wieso?«

Er sagte mir, dass die Zentrale entschieden habe, dass es doch nicht besonders klug sei, wenn ich zu diesem Zeitpunkt Polizeieinrichtungen anschauen würde. Es könne schließlich sein, dass die Entführer uns weiterhin beobachteten und unseren Kontakt zur Polizei, auch wenn sie es längst ahnten, nicht gutheißen würden. Wir mussten es ihnen ja nicht auf die Nase binden.

Plötzlich fühlte ich mich unwohl mit Nickel im Auto. Ich hatte zwar volles Vertrauen in seine Kompetenz als Polizist und wusste, mir würde hier nichts passieren. Dennoch bekam ich Angst bei der Vorstellung, wir könnten konstant beobachtet werden.

Dass diese Idee dem Führungsstab der Polizei erst jetzt kam, während ich buchstäblich schon auf dem Weg war, beunruhigte mich ebenso sehr wie der missglückte Auto-Doppelgänger.

Konnte es sein, dass die Polizei zwar nett, aber irgendwie dämlich war?

Dieser Gedanke beschäftigte mich, bis wir beim Hintereingang des Hamburger Flughafens ankamen.

Nickel stieg aus, zeigte seinen Ausweis, und eine Schranke öffnete sich. Ich fühlte mich wie in einem Agentenfilm. Was würde passieren? Wir fuhren mit dem Auto direkt in eine der Montagehallen und stiegen aus. Nickel erzählte mir, dass hier das Flugzeug eines Scheichs umgebaut wurde.

Meine Zweifel waren wie weggeblasen. Das hier war cool. Ich vergaß für einen Moment die Absurdität der Situation und staunte.

Wir gingen auf das riesige Flugzeug zu und betraten die Treppe, die hineinführte.

Ein Mitarbeiter kam auf uns zu und begrüßte uns.

»Moin moin.« Er war locker und irgendwie völlig normal. Was dachte er wohl, wer wir waren und was wir hier machten? Kamen öfter Männer mit Kindern in die Konstruktionshalle des Hamburger Flughafens?

»Die Tragflächen sind zum Teil vergoldet«, sagte er und zeigte auf einen schimmernden Streifen auf einem der Flügel. Nickel und ich schauten uns staunend an.

Wir betraten das Flugzeug. Als wir an verzierten Glaswänden um die Ecke bogen, wo normalerweise 200 Menschen in engen Reihen saßen, blickte ich auf zentimeterdicken Teppichboden, eine Sitzecke und eine Badewanne.

Hier stand tatsächlich eine runde Badewanne mit Sektkühler daneben. Ich war perplex. Nie zuvor hatte ich so etwas gesehen. Ich wusste überhaupt nicht, dass es so was überhaupt gab.

Wir gingen an der Wanne vorbei, eine lackierte Holztür wurde geöffnet und gab den Blick frei auf ein riesiges Himmelbett mit geschnitzten Bettpfosten.

Nickel und ich grinsten und schüttelten die Köpfe. Es schien für uns beide unvorstellbar zu sein, warum jemand sich so ein Flugzeug bauen ließ.

Wir erfuhren noch einige Details, die ich ob ihrer Monstrosität sofort wieder vergaß, dann fuhren wir nach Hause.

Auf der Rückfahrt ließ ich mich in den Beifahrersitz sinken und sagte kein Wort.

Ein mulmiges Gefühl beschlich mich. Wer hatte sich diesen Trip für mich ausgedacht? Hatte irgendjemand die Idee, ich könne mich ernsthaft für so einen Wahnsinn interessieren oder hätte irgendwie einen natürlichen Zugang dazu?

Ich begann, mir das erste Mal darüber Gedanken zu machen, ob das Bild von mir da draußen, bei Menschen, die mich noch nie gesehen hatten, vollends anders war als das Bild, das ich selbst von mir hatte. Was glaubten die Leute, wie wir unsere Tage verbrachten? Mit Dingen wie Sektkühlern, Jacuzzis und einem Teppichboden, in dem man ganze Haustiere verstecken konnte?

War mein Vater aufgrund solcher Vorstellungen entführt worden?

Und wurde ich langsam zu einem Menschen wie dieser Scheich – oder war ich es immer schon, ohne davon zu wissen?

Zu Hause erzählte ich meiner Mutter von dem Flugzeug. Sie hörte geduldig zu. Ich merkte, wie wenig auch sie damit momentan anfangen konnte, und so sparte ich mir die Details.

Nach längerem Überlegen beschlossen meine Mutter und ich, dass ich bis auf Weiteres zu meinem Onkel Thomas, dem ältesten Bruder meiner Mutter, nach Augsburg fahren würde. Mir gefiel die Idee, da meine Cousine Julia auch da war. Vielleicht war dies eine Abwechslung, die nicht so absurd war.

Vielleicht war dort ein Platz für mich.

Thomas stieg sofort ins Flugzeug, um mich in Hamburg-Fuhlsbüttel abzuholen. Diesmal würde es durch den Vordereingang gehen, hoffte ich.

Meine Mutter und Nickel brachten mich zum Flughafen. Auf dem Weg versuchte ich mir vorzustellen, wie es werden würde. Ich hatte schon jetzt das Gefühl, dass mein Körper zwar im Auto saß, meine Gedanken aber an zu Hause hafteten, an dem Teil meines Zuhauses, der übrig geblieben war. Dem Teil, den ich kannte.

Mein Körper löste sich von meinen Gefühlen, und traurig und taub, ängstlich und ahnungslos, was mich erwarten würde, stieg ich ins Flugzeug. Die Vorfreude auf meine Cousine hatte sich aufgelöst.

Thomas überreichte mir eine Autogrammkarte von Udo Lindenberg, die er irgendwo bekommen hatte, und sprach nur wenig mit mir. Auch ich sagte kaum etwas. Udo Lindenberg kannte ich nicht wirklich.

Ich ahnte, dass sich auch hier nichts ändern würde.

In Augsburg angekommen, wurde mein Körper von Julia gedrückt.

Thomas lebte mit seiner neuen Frau Monika zusammen. Er hatte seine Tochter, meine Cousine Julia, und deren Mutter verlassen, als Julia drei Jahre alt gewesen war. Zum Abschied hatte Thomas den beiden einen Brief geschrieben, den meine Tante Annemie Julia unglücklicherweise laut vorgelesen hatte. In dem Brief stand, dass er nicht mehr zurückkommen würde, da er nun mit seiner wissenschaftlichen Assistentin zusammen war.

Dies hatte zu einem Bruch zwischen ihm, seiner Tochter und seiner Frau geführt, der bis zu seinem Tod im Jahr 2009 verständlicherweise nicht mehr zu kitten war.

Trotzdem mochte ich ihn und freute mich, wenn er mit Monika, auch wenn ich sie weniger kannte und weniger mochte, aus Augsburg zu Besuch kam.

An diesem Tag war ich das erste Mal in Augsburg bei ihm und Monika, und es schien, dass sich auch Julia nicht sonderlich heimelig fühlte. Es dämmerte mir schnell, dass wir beide hier keinen Platz hatten, war doch der Abschied von Thomas zehn Jahre zuvor allzu unpersönlich abgelaufen.

Wir alle spürten es, konnten das Thema aber nicht ansprechen. Und da man auch über die Entführung nicht sprechen konnte, blieben wir an der Oberfläche.

Auch für Julia war es einer der ersten Besuche bei der neuen Frau ihres Vaters, und sobald wir allein waren, erzählte sie mir völlig perplex, dass Monika die erste Zweisamkeit mit ihr ein paar Stunden zuvor dafür genutzt hatte, gemeinsam die gesamte Wohnung zu putzen. Julia war sauer. In mir fand sie einen natürlichen Verbündeten.

Thomas und Monika gaben sich im Rahmen ihrer Möglichkeiten Mühe, uns Kindern in dieser speziellen Situation gerecht zu werden, und fanden die Lösung im Supermarkt. Gleich nach meiner Ankunft gingen wir einkaufen und luden einen ganzen Einkaufswagen voll mit Süßigkeiten. Danach ging es in die Videothek, wo wir so viele Filme ausliehen, dass Thomas und Monika sicher sein konnten, dass es zu keiner unangenehm tief greifenden Situation kommen würde.

Wieder zu Hause, aßen wir gemeinsam. Es war deutlich zu spüren, wie unnatürlich diese Situation für uns alle war. Julia und ich fragten nach ein bisschen Geld, mit dem wir noch mal in die Stadt gehen wollten, um uns Comics und Zeitungen zu kaufen.

Wir bekamen das Geld und zogen los.

Auf dem Weg sprachen wir ein wenig über unsere vor knapp zwei Jahren verstorbene Oma Helga, die Mutter ihres Vaters und meiner Mutter.

Ich erinnerte mich an die Situation, wie meine Mutter mit Tränen in den Augen die Stufen von ihrem Arbeitszimmer nach oben ins Wohnzimmer gekommen war.

»Johann, ich muss dir was sagen ...«

Unsere Oma, meine Oma, meine Lieblingsoma hatte sich das Leben genommen.

Meine Mutter fing an zu erzählen, dass Oma Helga krank gewesen sei. Verfolgungswahn. (Ausgerechnet! Ähnlich paranoid wie die Mutter meines Vaters, nur eben tatsächlich krank. Später waren wir alle froh, dass beide die Entführung mit all ihren wahr gewordenen Paranoia nicht mehr erleben mussten.) Und dass sie sich mit Tabletten und Alkohol umgebracht hatte. Der zweite Versuch war geglückt. Der Abschiedsbrief, sichtlich geschwächt geschrieben, lag auf dem Küchentisch. An der Wand ein Kalender. Zwei rote Herzen umrahmten das Datum des ersten und des zweiten Suizidversuchs.

Nun erzählte mir Julia, wie sie mit ihrer Mutter Oma

Helga erst nach ein paar Tagen in ihrem Bett gefunden hatten.

Sie hatte sich verdächtig lange nicht mehr gemeldet, war nicht ans Telefon gegangen, und sie waren beunruhigt zum wenige Kilometer entfernten Haus unserer Oma nach Schildgen gefahren.

Meine Tante hatte, nachdem sie die Tür aufgeschlossen hatte, meine Cousine angewiesen, vor der Tür zu warten, da ihnen schon draußen ein schrecklicher Geruch in die Nase gefahren war.

Es tat mir leid, dass Julia diesen Horror hatte erleben müssen, aber jetzt gerade war ihre Geschichte eine willkommene Ablenkung für mich.

Auf dem Weg in die Stadt kamen wir an einem Kiosk vorbei, und mein Blick fiel auf etwas im Schaufenster. Mein Bauch zog sich zusammen, und ich bekam eine Gänsehaut. Meine Augen wurden groß, ich öffnete den Mund und zeigte mit dem Finger auf das Feuerzeug im Schaufenster. Es hatte die Form einer maßstabsgetreuen Handgranate.

»Die muss ich haben!«, entfuhr es mir.

Julia war erstaunt, aber sie hatte nichts dagegen. Sie wusste nichts von meiner Erfahrung mit der echten Handgranate vor der Tür meines Vaters und hielt es vermutlich einfach für einen mehr oder weniger nachvollziehbaren Jungswunsch.

Ich starrte auf das Feuerzeug. Konnte den Blick nicht abwenden. Ich hatte das dringende Bedürfnis, diese Granate anzufassen. Sie zu besitzen. Sie begreifbar zu machen. Über ihren Standort bestimmen zu können. Ich wollte sie bei mir tragen und verstehen.

»Gib mir mal das Geld.«

Das Granatenfeuerzeug kostete 12,99 Mark. Wir hatten einen Zwanzigmarkschein dabei.

Julia gab mir das Geld, und ich betrat mit klopfendem Herzen den Kiosk. Langsam ging ich zur Theke.

»Na, was darf's denn sein?«, fragte mich der Verkäufer. Ich schaute auf die Rückseite des Schaufensters. Dort stand die Granate. Hinter dem Verkäufer Schnapsflaschen und Zigaretten. Vor ihm Süßigkeiten, Zeitungen und Einwegfeuerzeuge.

Mein starrer Blick lenkte den seinen ebenfalls auf sein Schaufenster, vor dem wir auf der anderen Seite Julia mit erwartungsvollem Blick stehen sahen.

Mein Mund wurde trocken. Das Herz schlug mir bis zum Hals. Meine rechte Hand zerknüllte den Zwanzigmarkschein, meine Linke wurde schweißnass. Ich wischte sie an meiner Jeans ab und holte flach Luft.

»Hallo!? Was möchtest du haben?«, fragte mich der Mann erneut. Diesmal runzelte er die Stirn, blickte misstrauisch auf meine Cousine und dann auf mich, als glaubte er, wir führten etwas im Schilde.

Ich blickte noch einmal zur Granate, spürte den Schweiß auf meiner Stirn. Dann öffnete ich den Mund, schloss ihn schnell wieder, drehte mich um und riss die Tür auf. »Los, komm!«, rief ich Julia zu, und wir rannten die Straße hinunter. Mein Herz schlug mir bis zum Hals. Ich lachte. Julia war überrascht und lachte auch. Dachte sie, ich hatte einen komischen Scherz gemacht? Wir rannten und rannten, bis der Kiosk außer Sichtweite war. Dann blieb ich stehen.

»Was ist denn los?«, keuchte Julia. Ich lachte sie atemlos an.

Ich wusste es nicht. Zuckte mit den Schultern und lachte weiter.

»Keine Ahnung.«

Auf dem Rückweg kaufte Julia uns im Kiosk jedem ein Eis und mir die Handgranate.

Ich ließ das schwere Metall von einer Hand in die andere fallen. Zog den Splint und ließ den Hebel los. Eine Flamme wurde entfacht. »Bumm«, sagte ich.

Ich wog ihr Gewicht und zündete das Feuer erneut.

Den ganzen Weg über begriff ich die Granate und präsentierte sie meinem erstaunten Onkel.

Am Abend erzählte ich meiner Mutter am Telefon von dem Einkaufswagen voll mit Süßigkeiten. Von den Dutzenden VHS-Kassetten. Von der Granate erzählte ich nichts.

Ich hörte, wie besorgt sie war, und wollte ihr das Gefühl geben, dass es mir gut ging, dass ihre Idee, mich herzuschicken, richtig gewesen war. Was konnte ich noch sagen?

Ich erzählte von der Lindenberg-Autogrammkarte und dass ich sie auf eines der Horst-Janssen-Bilder in Thomas' Wohnzimmer gestellt und beschlossen hatte, dass sie dort bleibt, bis Jan Philipp wieder da ist. »Hoffentlich nicht allzu lange«, hatte Monika gesagt.

Das Wochenende des Wartens hatte begonnen. Ich vegetierte in Augsburg. Was meine Mutter tat, wusste ich nicht und wollte es auch nicht wissen.

Am nächsten Morgen klingelte das Telefon in Augsburg.

Julia und ich waren schon lange wach und hatten bereits einen Film in den Videorekorder eingelegt. Wir lagen auf einem provisorisch eingerichteten Matratzenlager in Thomas' Büro und aßen Süßigkeiten.

Thomas nahm ab, sprach ein paar Worte und reichte mir den Hörer. Meine Mutter war am Telefon und berichtete mir von einem Brief der Entführer und von einem weiteren handschriftlichen Brief meines Vaters an mich.

Dieser zweite Brief meines Vaters enthielt zwei Ideen beziehungsweise Aufforderungen an mich, was wir in gewisser Weise gemeinsam mit unserer Zeit anstellen könnten. Auf den ersten Blick nicht schlecht, denn tatsächlich war es ja das Nichtstun, das Unvermögen, irgendetwas mit der aufgezwungenen Zeit anzufangen, das mir zu schaffen machte. Es wunderte mich nicht, dass diese Idee etwas mit Lesen zu tun hatte. Die meisten Vorschläge meines Vaters für mich hatten mit Lesen zu tun.

Liebe Kathrin, lieber Johann – ich darf Euch schreiben, aber was kann ich Euch schreiben, außer, daß ich bei Euch sein möchte!
Ich liebe Euch, ich weiß, wie schlimm alles für Euch ist.
Johann: wir können etwas zusammen machen. Wir beide nehmen uns jeden Tag um 17 h (dann ist »MacGyver«

zuende, glaube ich) die »Chronik des 20. Jahrhunderts« vor
und sehen nach, was von 1900 bis 1995 an diesem Tag
(Datum) passiert ist. Das machen wir dann gleichzeitig.
Heute ist der 30.3., da fange ich an. Du bekommst diesen
Brief wahrscheinlich frühestens morgen. Bis, hoffentlich,
bald. Ich umarme Euch beide und küsse Dich, Kathrin –
Euer F.

P. S. Johann: Spiel »Langweilig!« für mich!

Auf den zweiten Blick brachten mich die beiden Vorschläge beziehungsweise Anordnungen, denn ich hatte ja
keine Möglichkeit, etwas darauf zu erwidern, in eine
schreckliche Situation.

Ich befand mich in Augsburg und hatte die *Chronik des
20. Jahrhunderts* gar nicht zur Hand. Das Problem war
vielleicht noch lösbar, hoffte ich. Doch dann stellte ich mir
vor, wie die Sache ablaufen würde: Ab nun würde ich
jeden Tag nicht nur in zerrissener Unklarheit über den
Rest unseres Lebens verbringen, ich würde auch noch auf
eine bestimmte Uhrzeit warten müssen, um 95 Jahre
Weltgeschichte anhand eines Tages abzuarbeiten.

Diese Vorstellung brachte mich an den Rand des Wahnsinns.

Mein Vater wusste, dass ich viel in dieser *Chronik* blätterte. Aber mich faszinierten im Grunde nur die Naziver-
brechen in all ihrer gruseligen Schrecklichkeit – und die
Sechziger- und Siebzigerjahre in Sachen Musikgeschichte,
alles Weitere konnte mir gestohlen bleiben.

Ich konnte nicht in die Schule gehen, da ich überhaupt
nicht mehr wusste, wie man lernt. Ich konnte nicht mehr
mit meinen Freunden sprechen, da ich vergessen hatte,

worüber man sprach. Wie also sollte ich mich ruhig hinsetzen und Hunderte von Seiten durcharbeiten, immer in der Gewissheit, mein Vater täte es mir gleich, wenn er überhaupt noch lebte und nicht ermordet wäre in einem finsteren Loch. Ich hörte förmlich die Strenge der Stimme meines Vaters, wie er mir am Anfang der letzten Sommerferien sechs Klassiker der Literaturgeschichte vorgelegt und gesagt hatte:

»Eines davon hast du bis nach den Ferien gelesen. Aber du kannst dir aussuchen, welches.«

Ich erinnerte mich an seinen genervten Blick, als ich, ohne die Titel überhaupt anzuschauen, direkt nach dem dünnsten griff: *Macbeth*.

Dieser Befehl aus einer anderen Galaxie, geschrieben auf Papier von einer Hand, die ich mir nicht mehr vorstellen konnte, zerriss mich innerlich. Ich hatte ein unendliches Schuldgefühl und wollte unbedingt tun, was sich mein Vater von mir erhoffte, andererseits war ich aus irgendwelchen Gründen nicht dazu in der Lage.

War dies die letzte Art der Kommunikation zwischen ihm und mir?

Konnte ich mich seinem geschriebenen Wort widersetzen, und machte ich seinen Tod damit wahrscheinlicher? War ich wirklich so dumm und gemein?

Aber ich konnte nicht. Ich wollte nicht, weil ich nicht konnte, und ich konnte nicht, weil ich nicht wollen konnte.

Ich tat es nicht. Ich versuchte es. Viel zu kurz. Ich verzweifelte daran.

Thomas machte zwar sofort eine Buchhandlung in Augsburg ausfindig, die die *Chronik des 20. Jahrhunderts* bis zum Nachmittag bestellen konnte, doch als sie ankam, schaffte ich es nicht, sie aufzuschlagen. So mächtig der

Wunsch nach dieser Gemeinsamkeit auch sein mochte, so groß war die Angst, meine Gefühle könnten mich übermannen, wenn ich meinem Vater auf diese Art und Weise nahekam. Diese verordnete Nähe als sein, so spürte ich es, letzter Wunsch war das Gegenteil der Strategie, die ich gerade in meinem normalen Leben erprobte: Ich war eigentlich dabei gewesen, mich von meinen Eltern frei zu machen.

Ich spielte seit Kurzem in einer Band mit dem schönen Namen »Am kahlen Aste«, und durch dieses Hobby schaffte ich es, mir einen eigenen Lebensinhalt zu geben. Nun aber schien ich einen Schritt zurückgehen zu müssen, um wieder anzudocken, wo ich mich eben noch abgekapselt hatte.

Sein zweiter Wunsch war, ich sollte »Langweilig« spielen. Ein Lied von Die Ärzte.

»P. S. Johann: Spiel ›Langweilig‹«

Wusste mein Vater nicht, dass sich mein Repertoire auf einfach gestrickte Songs wie »Basket Case« und »When I Come Around« von Green Day beschränkte und meine Fähigkeiten lange nicht ausreichten, um einen Song wie »Langweilig« mit seinen Barrégriffen in den hohen Bünden zu spielen?

Musste ich nun etwa lernen, dieses Stück zu spielen, um der Bitte, der Idee, der Aufforderung, dem letzten Wunsch meines Vaters nachzukommen?

Es war drei Jahre her, dass mein Vater mit einer CD vor mir gestanden hatte.

»Guck mal, Johann, diese Band heißt doch tatsächlich Die Ärzte«, sagte er zu mir und überreichte mir das gerade erschienene Album *Die Bestie in Menschengestalt*.

Ich nahm es skeptisch entgegen. Ob es an Georg Kreisler heranreichte, sollte sich erst noch erweisen.

Ich nahm es damals mit in unser Wohnzimmer, da ich in meinem Kinderzimmer noch keinen eigenen CD-Player hatte, legte das Album in die unauffällig schwarze Kompaktanalage meiner Mutter ein und drückte auf Play.

Es dauerte keine fünf Minuten, und die Musik hatte mich in ihren Bann gezogen. Was dort aus den Boxen meiner Eltern erklang, war genau, was ich fühlte, aber bislang nicht hatte formulieren können. Ich war in der ersten Klasse des Gymnasiums und hatte dort meinen ersten Feind, Constantin, gefunden und mit ihm meine erste Prügelei hinter mich gebracht.

Ich war emotional aufgewühlt und mitgenommen, wenn ich an ihn dachte, und konnte dieses Gefühl nun mit einem »Oh ho ho – Arschloch!« hinausschreien.

Was für eine Wohltat.

Ich ließ *Die Bestie In Menschengestalt* laufen, nahm das Booklet aus der Hülle und begann, die Texte zu lesen und die Bilder anzuschauen. Zwar hatte ich schon Lieder über Taubenvergiften im Park, den Verbrecher Paule, der 76 Mädchen den Garaus gemacht hatte, und die Urne überm Sofasitz, in die jemand versehentlich reingeascht hatte, gehört, diese Lieder von Georg Kreisler sprachen mich musikalisch und emotional aber lange nicht so an wie diese Musik.

Ich hörte das Album rauf und runter. Wochenlang, monatelang. Hin und wieder kam mein Vater dazu, zog die Augenbrauen hoch und lächelte mich an, als wolle er sagen: »Siehst du – diese Musik habe ich erfunden!«

Ich hasste ihn dafür, mir den Weg in die Revolution gezeigt zu haben. Es demütigte mich.

Und nun sollte ich ein Lied meiner eigenen Reise weg

von meinen Eltern für ihn nachspielen? Ich konnte es nicht.

Immerhin hatte ich ein paar Ärzte-CDs und meinen Discman glücklicherweise mitgenommen.

Planet Punk, das 1995er-Album mit großartigen Songs wie »Super Drei«, »Schunder-Song«, »Hurra«, »Langweilig« oder »Red mit mir«, rotierte sowieso täglich mehrfach zu Hause auf meinem Sony CFD-10 Kassetten/CD-Player. Das Lied mit dem für mich damals mitreißendsten Gitarrensolo des Planeten hörte ich nun natürlich mit anderen Ohren. Jede Sekunde sah ich das Gesicht meines Vaters, wie er ernst neben mir stand und wartete, bis ich das Stück offiziell gehört (und vollständig begriffen!) hatte.

Spiel doch mal was.

Was für eine Vorstellung trieb ihn um in seinem Verlies? Dachte er, er würde mir damit die Zeit erleichtern, die Sehnsucht nach ihm in irgendeiner Form mildern? Dachte er, wir hätten damit eine weitere Gemeinsamkeit? Ich wollte Die Ärzte doch für mich allein haben, sie spielten den Soundtrack meines Lebens als eigenständiger Mensch. Mit eigenen Vorstellungen, die so fern von denen meiner Eltern waren. Ich wollte nicht lesen und schreiben. Ich wollte singen und spielen. Oder zumindest hören und mir vorstellen, ich würde es irgendwann selbst tun. So wie im Song »Das ist Rock 'n' Roll«, den ich auf dem 1994er-Best-Of-Sampler der Ärzte *Das beste von kurz nach früher bis jetze* entdeckt hatte:

»Mit Tennisschläger in der Hand steht er vor dem Spiegel.
Die Haare liegen voll im Trend, sind stachlig wie ein Igel.

So posed er zu Dan Harrow und zu Samantha Fox.
(Touch me!)
Und träumt, er stünde auf der Bühne in seinen Neon-
Clogs.
Gabi sagt zu Uwe: »Uwe, lass das sein!«
Uwe sagt zu Gabi: »Nein!«
Irgendwann bin ich berühmt, und jeder findet mich toll.
Du wirst dann mein Groupie sein,
Denn das ist Rock 'n' Roll, das ist Rock 'n' Roll!«

Als ich später »Langweilig« hörte, wurde mir klar, dass ich auch dieser zweiten Aufforderung unmöglich nachkommen konnte. Jede Sekunde des Lieds, jede Note der perfekten Solomelodie war eine Note zu viel für mich. Das Lied wurde zu den längsten drei Minuten und acht Sekunden meines Tages in den längsten Tagen meines Lebens.

Ich setzte die Kopfhörer ab, hielt mir die Ohren zu und schaute stumm auf die Digitalanzeige des Discmans, bis endlich nach 3:08 Minuten das nächste Lied »Mein Freund Michael« mit den Worten »Vor 2000 Jahren sagte ein weiser Chinese, der über die Zauberkraft des Sex nachdachte: Gib Gas, lieber Michael Schuhmacher!« anfing. Ich saß schwer atmend im provisorisch eingerichteten Kinderzimmer von Monika und Thomas.

Ich war mit dreizehn noch kein wirklicher Rebell, aber die Musik von Die Ärzte zu hören gab mir eine Vorstellung davon, wie es sein musste, ein eigenes Leben zu haben. Mit eigenen Interessen, und Bela, Farin und Rod auf Postern, in der *Bravo*, in *Popcorn* und in den Booklets der Alben anzuschauen ermutigte mich zu eigenen Schritten, hinaus aus der Gleichförmigkeit des Alltags bei meinen Eltern.

Ab und zu fuhr ich in die Marktstraße im Hamburger Karoviertel und kaufte mir bei Lucky Lucy grüne Farbe, um mir damit zu Hause meinen Topfschnitt grün zu färben. Meine Mutter versuchte, das schlimmste Unglück abzuwenden, also bot sie an, es wenigstens ordentlich zu machen, wenn sie mich schon nicht davon abhalten konnte.

Nachdem mir meine Mutter den Brief zu Ende vorgelesen hatte, sagte sie, dass die Polizei sich für den Text des Lieds interessiere und ob ich ihr sagen könne, wo der zu finden sei. Sie vermuteten, eine versteckte Botschaft entdecken zu können.

Diesmal lief ich nicht Gefahr, mich an irgendetwas nicht zu erinnern. Oder mich nutzlos zu fühlen. Den Text des Lieds konnte ich im Schlaf. Prekär für mich war es einzig und allein, meiner Mutter den Text zu diktieren.

»Ich hab schon viermal onaniert, weil hier einfach nichts passiert. Weil hier nie etwas passiert.«

Der Rest des Tages verstrich. Meine Mutter hatte mir nichts weiter von dem Brief der Entführer erzählt. Ich nahm an, es stehe wohl nur drin, dass wir uns für eine Übergabe bereithalten sollten.

Aber ein Detail verschwieg sie mir. Dass die Polizei ab sofort eine Genehmigung von ihr benötigte, beim Hauptpostamt nicht nur Briefe, sondern auch Päckchen abfangen zu dürfen.

SOLLTE DIE ÜBERGABE AUS POLIZEITAKTISCHEN GRÜNDEN
SCHEITERN ODER EIN ZUGRIFF VERSUCHT WERDEN
SCHNEIDEN WIR HERRN REEMTSMA EINEN FINGER AB
EINE GEBROCHENE NASE HAT ER BEREITS

Mein Vater war nie rührselig oder sonderlich emotional mir gegenüber gewesen. Seine Briefe aus den letzten Tagen klangen so anders, als ich es gewohnt war.

»Ich umarme Euch beide und küsse Dich, Kathrin«

Niemals zuvor hatte ich meinen Vater solch weiche Worte äußern hören.

Umarmungen waren in unserer Familie weder zur Begrüßung noch zu Verabschiedungen üblich. Er streichelte mir ab und zu über den Kopf. Manchmal drückten wir uns am Morgen, wenn ich nachts zu meinen Eltern ins Bett gekommen war, aber das war auch schon Jahre her, und ich hatte das Gefühl, dass dazu immer etwas geistige Umnachtung nötig war. Bei klarem Verstand hatte mein Vater niemals solche Liebesbekundungen ausgesprochen, und so erschienen mir seine Briefe in diesen Tagen fremd.

Am Mittag telefonierte ich wieder mit meiner Mutter. Sie erzählte mir von einem neuen Brief der Entführer, dem sich deutlich entnehmen ließ, dass es bald losgehen sollte.

HALTEN SIE SICH ZU DEN ENTSPRECHENDEN ZEITEN
BEREIT UND BEACHTEN SIE UNSERE FORDERUNGEN
GENAU DANN IST IHR MANN OSTERN WIEDER ZU HAUSE

Es war Dienstag. Genau eine Woche war vergangen, seitdem meine Mutter und ich ausgerechnet hatten, dass es unvorstellbare 52 Stunden dauern könnte, bis mein Vater wieder zu Hause war.

Und jetzt waren es schon sieben Tage und Nächte, die uns zu anderen Menschen gemacht hatten.

Meine Mutter las mir einen weiteren Brief meines Vaters am Telefon vor, während ich allein an Thomas' Schreibtisch in Augsburg saß, auf fremde Bücher blickte und auf die Handgranate, die ich vor mir abgestellt hatte.

Lieber Johann – haben wir heute um 17 h beide in die
»Chronik« gesehen? Ich schon – blöde Daten!
(Aber das läßt sich ja nun nicht ändern.) Ich hoffe, wir sind
bald wieder zusammen! (Und spiel für mich ... du weißt
schon)

Ich umarme Euch!
Euer F.
1.4.96 (ha, ha, ha)

Mein Magen zog sich zusammen.

Nein, ich hatte nicht in die *Chronik* gesehen. Sie lag unangetastet im Wohnzimmer.

Was war das überhaupt für eine Verbindung? *»Blöde Daten!«* Er schrieb es ja selbst.

Ich schob das schlechte Gewissen weg. Er würde es ja nie erfahren, dass ich mich nicht daran gehalten hatte.

Und doch stiegen mir die Tränen in die Augen, als meine Mutter den Brief beendet hatte. Ich zwang die Tränen zurück, presste die Lippen aufeinander und versuchte, nicht daran zu denken, wie sehr ich meinen Vater vermisste. Wie sehr er fehlte. Wie sehr ich ihn liebte.

»*Ha, ha, ha.*«

Es war ja der erste April. Zeit zu scherzen.

So wenig Rührseligkeiten meinen Vater und mich verbanden, so vertraut waren wir in diesen Dingen. Ich liebte meinen Vater für seine Ironie. Auf einmal fühlte ich mich ihm wieder so nah, erinnerte mich daran, wie er in der Lage war, jeder noch so verfahrenen Situation einen Witz, eine ironische Bemerkung abzuringen.

Wir erzählten uns oft Witze zu Hause, meistens sehr schwarze. Schon früh hatte mein Vater mir erklärt, dass Humor ein wichtiges Mittel sei, eine schwierige Situation, gar ein Trauma, zu verarbeiten. Er erzählte mir von den makabren Witzen der Juden, die früh nach dem Zweiten Weltkrieg zu kursieren begannen. Von Juden über Juden. Eine Möglichkeit, das Erlebte auszusprechen.

Gemeinsam zu lachen war unsere Art zu lieben.

Ständig dachte mein Vater sich neue Kalauer aus.

»Statt Karfreitag Freitag Karstadt« war einer davon, an den ich mich jetzt, es war ja die Woche vor Ostern, erinnerte. Ich erzählte den Spruch meiner Mutter, und wir lachten gemeinsam.

Meine Mutter machte Schwenns Stimme am Telefon nach. Streng und bestimmt, aber dennoch hanseatisch flapsig. »Wir bitten Sie herzlich, sich zurückzuhalten und auch die Straße nicht zu blockieren!«

»Der ist wirklich irgendwie gut, der Schwenn. Man fühlt sich dann gleich sicher, wenn der jemand am Telefon so professionell abbügelt.«

Ich konnte es mir genau vorstellen.

Immer öfter klingelte bei uns zu Hause das Telefon. Immer sprangen alle erschrocken auf, die Geräte wurden hektisch angeschaltet, nur um sofort wieder angehalten zu werden, sobald Schwenns Stimmlage und Wortwahl deutlich machten, dass es sich nicht um einen sogenannten Täterkontakt handelte.

Meine Mutter erzählte mir, dass immer mal wieder Autos mit Journalisten vor unserem Haus auf und ab fuhren. Langsam schien sich herumzusprechen, dass etwas passiert war. Die Polizei befürchtete mittlerweile, die Presse könne die Lösegeldfahrt ernsthaft behindern.

Was ich nicht wusste, und was die wahnsinnige Gier der Presse nach der Entführung für mich noch überraschender und unverständlicher machte, war, dass der Pressesprecher der Polizei die Presse bereits relativ genau über alles informiert und gleichzeitig um ein Stillhalten gebeten hatte. Dies schien eine bewährte Vorgehensweise zu sein, erklärte aber auch die anhaltenden Anrufe von Journalisten bei uns zu Hause.

Diverse Fernsehsender bereiteten anscheinend schon Berichte vor. Aus dem Hamburger Institut für Sozialforschung erfuhr meine Mutter, dass auch dort regelmäßig angerufen wurde.

Hubschrauber flogen verdächtig oft über unsere Grundstücke.

Gestern hatte ein Mann plötzlich bei uns im Garten gestanden, und Nickel war in Alarmbereitschaft gleich nach draußen gerannt. Der Mann hatte geantwortet, er sei von einer Versicherung, die ihn geschickt habe, um das Grundstück zu schätzen.

Meine Mutter lachte. Ich ebenfalls. Was für absurde Geschichten sich diese Journalisten ausdachten.

Aber unser Lachen verstummte schnell. Was würde in den Artikeln der Journalisten wohl thematisiert werden? Der unausweichliche Tod meines Vaters? Konnte ein zu früh veröffentlichter Bericht meinen Vater das Leben kosten?

»Du, und dann stellte sich heraus, dass es tatsächlich ein Typ von einer Versicherung war. Er wollte eigentlich zu den Nachbarn. Er hatte sich nur in der Pforte geirrt.«

Wir stießen beide einen Seufzer aus, der ein Lachen werden sollte, es aber nicht geschafft hatte.

Ich dachte an unseren Garten. An mein Zimmer zu Hause.

Es fühlte sich immer falscher an, so weit weg zu sein. Ich spürte, dass meine Mutter mich vermisste, so, wie ich sie vermisste.

Ich erzählte, wie quälend langweilig es in Augsburg war, und wir beschlossen, dass ich am nächsten Tag wieder nach Hamburg kommen würde. Wir waren beide erleichtert. Sofort wusste ich überhaupt nicht mehr, warum ich überhaupt jemals weggefahren war.

Vorerst, beschlossen wir, würde ich aber mit Thomas, Monika und Julia in die Augsburger Innenstadt fahren, um ein T-Shirt mit dem Kalauer meines Vaters zu bedrucken, das ich ihm schenken wollte, sollte er zurückkehren. Auch wenn mein Vater niemals T-Shirts trug, wer weiß, vielleicht würden wir irgendwann einmal wieder die Kraft haben, gemeinsam darüber lachen zu können.

Als ich am nächsten Tag am Nachmittag in Hamburg-Fuhlsbüttel ankam, erwarteten mich meine Mutter und ihr Bruder Sebastian.

Christian hatte herausgefunden, dass es in Hamburg eine Kletterwand gab, die er mit mir besuchen wollte. Dafür brauchte ich ein Passbild, was ich nun am Flughafen machen ließ. Mein Onkel Sebastian begleitete mich zum Automaten.

Meine Mutter ging etwas versetzt hinter uns. Sie wirkte erschöpft und ernst.

Ich ließ das Fotografieren über mich ergehen. Mit jedem Blitz des Automaten musste ich an die Verbrecherfotos bei der Polizei denken. Welchen Verbrechens hatte ich mich schuldig gemacht? Die *Chronik des 20. Jahrhunderts* hatte ich in Augsburg gelassen. Ich wusste und fürchtete zugleich, dass wir ein Exemplar zu Hause hatten.

Es war kurz vor 17 Uhr. Wann würde ich zu Hause sein? Würde ich es rechtzeitig schaffen? Und wenn ich rechtzeitig zu Hause war, würde ich diesmal die 95 Jahre durcharbeiten können?

Blitz! Ich nahm es mir fest vor.

Blitz! Ich zweifelte. Bekam Angst.

Blitz! Ich drückte den Rücken durch. Er schmerzte. Ich wand mich auf dem Hocker.

Blitz! Ich hatte Schweiß auf der Stirn.

Ich zog den Vorhang zurück und atmete die Luft ein. Stand auf, verließ die Kabine.

»Na, Alter. Ist da was dabei?« Sebastian lachte mich an.

Wir gingen zum Auto, wo Nickel und meine Mutter schon auf uns warteten.

Im Auto erzählte mir meine Mutter, was seit unserem Telefonat passiert war. Es hatte einen ersten Übergabeversuch mit dem Lösegeld gegeben.

Um drei Uhr morgens hatte das Telefon geklingelt. Vera war von seiner Isomatte aufgesprungen, und auch Nickel war sofort hellwach mit ein paar Schritten zum Telefon gerannt und zu dem verkabelten Reuterkoffer, einem Sprachaufzeichnungsgerät mit vier Tonbandkassetten, mit denen die Anrufe aufgenommen werden konnten. Nickel kniete sich vor den Koffer, schaltete ihn an, und die Tonbänder begannen zu laufen. Er setzte sich Kopfhörer auf. Gleichzeitig klingelte das Telefon über einen angeschlossenen Lautsprecher im Raum.

Meine Mutter und Schwenn, der das erste Mal nicht auf seiner Matratze neben dem Telefon schlief, sondern in meinem Bett – es war also doch geschehen –, waren nicht sofort unten.

Vera rannte nach oben, es klingelte ein zweites Mal.

Meine Mutter war schon wach und kam nach unten, traute sich aber nicht näher ans Telefon.

Beim ersten gemeinsamen Gespräch am Morgen vor acht Tagen war abgemacht worden, das Telefon fünfmal klingeln zu lassen. Die Sekunden vergingen. Meine Mutter muss es innerlich fast zerrissen haben, so lange zu warten. Schwenn war immer noch nicht unten. Es klingelte ein drittes und dann ein viertes Mal. Vera kam ohne Schwenn die Stufen hinunter und entschied, selbst ans

Telefon zu gehen. Er gab Nickel ein Zeichen. Nickel hatte Stift und Zettel parat. Vera drückte die Taste mit dem grünen Hörer.

In diesem Moment kam Schwenn nach unten gerannt. Vera reichte ihm den Hörer und gemeinsam standen alle um das Telefon und die angeschlossenen Gerätschaften. Aus dem Apparat plärrte eine verzerrte und vollkommen unverständliche Stimme. Es schien sich um eine Aufzeichnung zu handeln.

Schwenn: »Reemtsma, guten Tag.«

Die Stimme, die aus den Lautsprechern kam, kreischte: »Hallo, hören Sie? Sind Sie bereit? Hallo?«

Schwenn: »Ja, ich höre. Sprechen Sie bitte.«

»Fahren Sie zur Autobahnauffahrt Bahrenfeld. Osdorfer Weg, Ecke Grünewaldstraße. Eine Nachricht hinter dem zweiten Elektrokasten. Blinklicht einschalten. Sie haben vierzig Minuten Zeit. Nur Sie dürfen die Nachricht abholen. Klar?«

Schwenn: »Nein, das ist nicht klar. Ich kann Sie nicht aufnehmen. Sie müssen die Nachricht unbedingt deutlicher wiederholen. Ich habe nur verstanden: Vierzig Minuten warten.«

»Autobahnauffahrt Bahrenfeld …«

Schwenn: »Ich wiederhole …«

»Autobahn Auffahrt Bahrenfeld. Osdorfer Weg, Ecke Grünewaldstraße. Eine Nachricht hinter dem zweiten Elektrokasten. Blinklicht einschalten. Sie haben 40 Minuten Zeit.«

Dann brach das Gespräch ab.

Alle sahen sich geschockt an.

Nickel spulte die Tonbänder zurück und reichte seine Aufzeichnungen an Vera weiter, der den Kopf schüttelte.

Es war kaum zu verstehen gewesen. Das Einzige, was allen klar war: Wir hatten von nun an vierzig Minuten Zeit.

Der Volvo, mit dem zur Übergabe gefahren werden sollte, parkte nicht bei uns zu Hause, sondern an einem anderen Ort, den nur die Polizei kannte. Meine Mutter und Schwenn, die die Übergabe zusammen machen sollten, mussten also erst auf ein »Taxi« der Polizei warten, das sie zum Volvo fuhr.

Es kam nicht. Schwenn und meine Mutter wurden nervös. Das Tonband wurde bereits das zweite Mal zurückgespult, um die Adresse richtig zu verstehen und dann auf einem Stadtplan zu finden. Wertvolle Zeit verging, dann hörten sie endlich ein Auto heranrasen. Ein Fahrer der Polizei mit dem erstaunlichen Codenamen »Bärbel« öffnete die Tür des als Taxi getarnten Polizeiwagens, sie stiegen ein und rasten gen Autobahn.

Bärbel bekam die Nachricht, dass die Zeit knapp werden würde und er Befugnis hatte, mit Sonderrechten zu fahren.

Auf einmal, so erzählte mir meine Mutter, waren vor, neben und hinter ihnen Autos. Ein Auto stellte sich mit Blaulicht quer, sodass das »Taxi« über rote Ampeln fahren konnte.

Sollten wir tatsächlich noch observiert werden, hätte wohl spätestens in diesem Moment jemand bemerkt, dass die Polizei im Spiel war.

Der Volvo war in einer verwinkelten Schrebergartenkolonie geparkt worden, aus der Schwenn und meine Mutter unmöglich allein zurückfinden konnten, weshalb sie vom Rücksitz Bedenken äußerten. Bärbel sicherte ihnen zu, sobald sie umgestiegen wären, auf dem Weg heraus vorauszufahren.

Da endlich tauchte am Ende der Straße der Volvo auf.

Umringt von MEK-Beamten, die lässig rauchend um den Wagen standen und sie geradezu überrascht ansahen. Schnell stiegen meine Mutter und Schwenn aus und rannten auf die Dublette zu.

Schwenn stieg auf den Fahrersitz, meine Mutter auf die Rückbank. Der Sack mit dem Lösegeld lag, wie gefordert, auf dem Beifahrersitz.

Als Schwenn anfuhr, kullerte der Müll im Auto um die Füße meiner Mutter.

Sie erzählte es mir fast lachend. Seit der Panne mit der Volvo-Dublette war es eine Art Running Gag zwischen meiner Mutter und mir geworden, auf welche Details unserer Familie es zu achten galt, wollte man eine perfekte Dublette herstellen.

Meine Mutter hatte der Polizei mitgeteilt, dass, wenn es ihnen wirklich um Authentizität ginge, sie auch die McDonald's-Tüten und die zerknüllten Manuskripte und Bücher meines Vaters im Wagen belassen müssten.

Authentischer Müll.

Ein paar Minuten später, die vierzig Minuten schienen durch die vielen Verzögerungen längst verstrichen, erreichten Schwenn und meine Mutter die vorgeschriebene Kreuzung. Diese war allerdings mit dem Auto nicht zu befahren, da es sich um einen kleinen Fußgängerweg handelte. Meine Mutter sprang mit Taschenlampe aus dem Auto und suchte nach dem Stromkasten.

Nach kurzer Zeit fand sie den Brief. Mit Krepppapier in einer Klarsichtfolie hinten an den Stromkasten geklebt. Wie viele Schnitzeljagden hatten meine Eltern mit dieser Art Utensilien für mich organisiert? Kaum vergleichbar wohl das Gefühl der Aufregung, als meine Mutter den Zettel fand.

Ruhig, gezwungen ruhig, ging meine Mutter zurück zu Schwenn ins Auto und las den Brief vor.

Sie sollten auf der A7 Richtung Süden fahren.

Das blöde Blinklicht auf dem Dach, nicht schneller als 80 km/h. Rechts fahren, nicht überholen.

Dann – irgendwann – sollten sie ein weiteres, diesmal gelbes Blinklicht sehen. Bei dem Fahrzeug mit gelbem Blinklicht sollte das Lösegeld deponiert werden. Sollten sie kein Blinklicht sehen: Weiterfahren bis zum Schild Maschener Kreuz. Dort fänden sie eine neue Nachricht.

Schwenn fuhr nervös, unter Mühen die 80 km/h konstant haltend, und gab kontinuierlich Fahrzeugtypen und Nummernschilder per Funk an die Polizei durch. Meine Mutter auf dem Rücksitz hielt nach dem gelben Blinklicht Ausschau.

»Ich nehme alles zurück«, sagte meine Mutter, jetzt neben mir auf dem Rücksitz. »So gut man sich fühlt, wenn Schwenn für einen das Telefon abnimmt – Beifahrer will man bei dem nicht sein.«

Ich saß stumm neben ihr, schaute aus dem Fenster. Nickel fuhr ruhig Richtung Hamburger Westen. Ich versuchte, den Satz meiner Mutter sofort wieder zu vergessen. Schwenn war wichtig für mich, und ich wollte nicht, dass an seiner Kompetenz gekratzt wurde, auch wenn es nur um ein kleines Detail ging. Ich brauchte Zuversicht, Ruhe und die Gewissheit, dass bislang alles irgendwie wenigstens okay gelaufen war. Ernst schaute ich meine Mutter an. Sie sprach weiter.

Sie sahen kein Blinklicht. Es gab keins. Sie fuhren weiter Richtung Maschen.

Beim Schild angekommen, stieg meine Mutter aus und suchte. Fand nichts. Suchte weiter.

Schwenn stieg aus und suchte langsam, gewissenhaft und gründlich alles ab.

Nichts.

Es war also ein Test.

Sie fuhren mit dem Volvo wieder in eine Seitenstraße, gaben Auto und Lösegeld ab und stiegen zu Bärbel ins Taxi.

Erst um fünf Uhr morgens waren sie wieder zu Hause.

Dies erklärte die Verfassung meiner Mutter, die Angespanntheit, die ich gespürt hatte, als sie mich am Flughafen in Empfang genommen hatte.

Ich war traurig.

Verwirrt fragte ich: »Wieso machen die eine Testfahrt? Wann passiert denn die richtige Geldübergabe?«

Ich wusste, dass diese Fragen nicht zu beantworten waren, aber sie kamen einfach aus meinem Mund, auch weil ich die Stille im Auto nicht ertrug. Hörte uns Nickel auf dem Fahrersitz eigentlich die ganze Zeit zu?

Meine Mutter erklärte mir, dass das orangene Blinklicht sicherlich nötig war, damit die Entführer aus der Ferne sehen konnten, dass wir bereit waren, alles zu tun, was sie wollten. Nun waren sie sicher, und es würde sicherlich bald richtig losgehen. Sicherlich. Sicher. Mit Sicherheit.

Ich nickte. Wollte das alles glauben.

Zu Hause angekommen, fand ich Schwenn vor, wie er vor versammelter Runde über die Entführer herzog. »Die dämlichen Idioten können noch nicht mal vernünftige Angaben zum Ort machen!«

Er war außer sich. Lief in der Küche auf und ab, gestikulierte mit den Händen. Nahm sich ein alkoholfreies Bier aus dem Kühlschrank. Er fand keinen Flaschenöffner, griff in die offene Besteckschublade, öffnete die Flasche mit einem unserer Löffel und schimpfte wortgewandt weiter. Ich war beeindruckt.

Es tat mir gut, ihn so fluchen zu hören. Er hatte ja so recht.

Wir saßen alle gemeinsam am Küchentisch, während Schwenn den ganzen Abend redete. Ich genoss es, ihm zuzuhören. Er hatte eine mitreißende Art, über die Entführer und die Situation herzuziehen, die mir die Schwere des Augenblicks nahm. Es war deren Schuld. Nicht unsere.

Alles war deren Schuld. Schwenn trank ein Jever Fun nach dem anderen und ließ kaum jemanden zu Wort kommen.

Ich hatte das Gefühl, dass es allen ganz recht war. Die Nacht war anstrengend und unbefriedigend gewesen. Die Angst wurde größer.

Am späten Abend konnte ich immer noch nicht schlafen. Meine Mutter setzte sich zu mir ans Bett, und wir sprachen über die sogenannte Testfahrt. Keiner von uns nannte es mehr die erste Geldübergabe. Zu schmerzhaft war es zuzugeben, dass sie gescheitert war. Wir wussten ja nicht, ob mit dieser Übergabe vielleicht nicht nur die Übergabe des Geldes, sondern auch die gesamte Entführung aus dem Ruder gelaufen war. Wir ahnten, dass die Geldübergabe wegen der von der Polizei verschuldeten Anfangsverzögerung gescheitert war, doch schoben den Gedanken beiseite.

Ich zumindest tat es und klammerte mich an die Formulierung, es sei eindeutig ein Test gewesen.

Wie es meinem Vater jetzt wohl ging? Wusste er von

dem Test? Würde er in Panik geraten, wenn er erfuhr, dass wir das Geld nicht übergeben hatten?

Ich hatte meinen Vater nie panisch erlebt. Immer nur sehr ruhig. Wenn er sich aufregte, dann über Lappalien. Außerdem hatte er die Gabe, nahezu überall schlafen zu können.

»Vielleicht kann Jan Philipp ja viel schlafen?«, fragte, nein, sagte ich zu meiner Mutter.

Sie lächelte und nickte: »Ja, Jan Philipp kann doch überall schlafen.«

Tatsächlich hatte ich meinen Vater schon im Auto, im Zug und im Flugzeug schlafen gesehen. Auch zu Hause auf dem Sofa dauerte es manchmal nur Minuten, und er schlief ein.

Würde er jetzt davon profitieren?

Meine Mutter nahm mich in den Arm und legte sich kurz zu mir.

»Ich könnte dir, wenn du möchtest, eine halbe Valium geben. Die Polizei hat ein Rezept beim Amtsarzt besorgt. Das ist keine starke Dosis, aber es hilft dir auf jeden Fall, einzuschlafen.«

Ich nahm das Angebot dankend an. Ein bitterer Schluck, meine Mutter gab mir einen Kuss, drückte mich noch einmal, verließ mein Zimmer und schloss die Tür.

War es wirklich eine Testfahrt gewesen, oder waren wir einfach nur zu spät gekommen, weil die Polizei zu lange gebraucht hatte, Schwenn und meine Mutter abzuholen?

Minuten später war ich eingeschlafen.

Als ich zermürbt gegen acht Uhr aufwachte und runter ins Wohnzimmer schlurfte, fand ich alles schon in regem Treiben.

Nickel saß vor dem Reuterkoffer und hörte immer wieder einen aufgezeichneten Anruf aus der Nacht. Meine Mutter war gerade mit Christian nach draußen gegangen. Sebastian erzählte mir, dass Christian sie gebeten habe, mal mit ihm an die frische Luft zu kommen.

Ich fragte, was denn passiert sei, und Vera erzählte mir, dass die Entführer angerufen und mit Schwenn am Apparat vereinbart hätten, dass sie sich morgen wieder melden würden.

Ich war einigermaßen beruhigt. Sebastian schlug vor, dass wir heute Nachmittag gemeinsam auf den Dom gehen könnten.

Ich fand die Idee gut.

Heute schien ja nichts Unvorhergesehenes mehr zu passieren.

Meine Mutter kam kurze Zeit später mit Christian zurück. Sie umarmte mich lange und fest.

Vom neuen Brief meines Vaters erzählte sie mir nichts. Sie schaffte es damit, mir zu verheimlichen, dass etwas geschehen war, was sie und alle anderen im Haus extrem beunruhigte und was der Grund für den gemeinsamen Spaziergang mit Christian, zur Besprechung ohne

Polizei, gewesen war. Denn dieser Brief würde später als Panikbrief in unsere Geschichte der Entführung eingehen.

Es waren eigentlich drei Briefe, die zusammen gekommen waren.

Der erste lautete:

Mittwoch, den 3. 4. 1996

Lieber Gerhard – der Annonce habe ich entnommen, dass Du für Kathrin die Geldübergabe machen willst. Ich bin einverstanden und danke Dir.
Aber, bitte, laß das <u>keinen verdeckten Polizeieinsatz</u> werden (oder, wie heute Nacht, gar nichts – warum ist niemand gekommen??).
<u>Ich bin jetzt wirklich in großer Gefahr! Also bitte, übergib heute Nacht das Geld!!</u> <u>Und wenn Du es nicht machen willst, so wird es Herr Fritzenwalder tun.</u>
Dies ist eine <u>ausdrückliche Anweisung von mir!</u>
Für beide Fälle werde ich den Entführern eine Frage mitgeben, die nur Du oder Herr Fritzenwalder beantworten kann, damit die Identifikation eindeutig ist.
<u>Tut, was ich sage. Keine Polizeitaktik mehr!</u>

Jan Philipp Reemtsma

Zur Identifikation, SZ von heute, ganz oben »Lech Walesa – ein Kollege ...«

Der zweite lautete:

Mittwoch 3.4.1996

<u>Liebe Kathrin</u>, *ich weiß nicht,*
was Ihr tut, die Geldübergabe ist heute Nacht gescheitert,
niemand ist gekommen. Ich habe Angst!
Die Stimmung hat sich <u>radikal</u> verschlechtert, sie haben
gedroht, das könne hier noch Monate weitergehen und sie
würden mir einen Finger abschneiden.
Ich halte das nicht für leere Drohungen.
Bitte Kathrin, glaub mir und hilf mir. Jetzt!
Zöger es nicht weiter hinaus! Du hast gesagt, Gerhard
würde alles übernehmen, und da ich keinen anderen
Gerhard kenne, ist das wohl <u>Gerhard Schwenn.</u>
Ich bin einverstanden, wenn es wirklich Gerhard ist und
niemand von der Polizei!
Ich habe Gerhard geschrieben, ich werde den Entführern
etwas sagen<u>, was nur Gerhard beantworten kann</u>, so daß
er <u>eindeutig identifizierbar ist</u>. – eine andere Möglichkeit
wäre <u>Herr Fritzenwalder</u>. Auch er wird eine Frage beant-
worten müssen. <u>Kathrin, ordne an, daß das so passiert!</u>
<u>Ich liebe Dich! Hilf mir, ich habe Angst und kann nicht</u>
<u>mehr! Es muß heute Nacht passieren!</u>

Jan Philipp

Zur Identifikation (ihr braucht dann kein Bild, das wohl
alles verzögern würde!):
Die Überschrift der 3. Spalte der SZ von heute lautet:
»UNO-Bericht zu Tschetschenien: Menschenrechte werden
mit Füßen getreten« und das (unleserlich) beginnt mit:
»Karl, der Sohn der Deutschen«

Jan Philipp

Der dritte Brief lautete:

*Liebe Kathrin – ich habe in meiner Aufregung die SZ nicht
richtig zitiert.*
*Es heißt »Menschenrechte werden mit Stiefeln getreten«,
nicht »mit Füßen« — das ist keine geheime Nachricht
oder irgendein anderer Unsinn, sondern nur meine
Nervosität.*
Bitte übergebt das Geld heute!
Ich kann nicht mehr.

Jan Philipp

Andere Identifikation aus der SZ:
*Die letzte Überschrift auf der linken Spalte (S. 1)
lautet: »Arafat: Referendumspläne gefährden Friedens-
prozeß«*

Während alle Menschen im Haus vor Sorge fast umka-
men, hatte ich in meiner Ahnungslosigkeit Lust auf den
Dom-Besuch. Nickel fuhr mit seinem Auto vor, um sicher-
zustellen, dass er nicht verfolgt würde. Ein paar Minuten
später machten wir uns auf den Weg. Die Fahrt im Auto
verging schnell, wir zogen nach kurzer Zeit an Nickel vorbei, der uns bedeutete, kurz anzuhalten. »Passen Sie bitte
auf, dass keine Fotos von Johann gemacht werden!«,
sagte Nickel freundlich zu Sebastian. Der nickte und kur-
belte das Fenster wieder hoch. Sebastian blickte kurz zu
mir und ich aus dem Fenster. Nickel winkte freundlich.
Sebastian winkte zurück. Ich wusste nicht, was ich tun
sollte.

Als Erstes steuerten wir eine Schießbude an.

Sebastian drückte dem Schießbudenbesitzer einen Schein in die Hand und der mir ein Gewehr.

Ich hielt es zitternd. Drückte das kühle Holz des Griffs an meine Wange. Ich wog das Gewicht des Gewehrs. Kurz schoss mir die Formulierung aus billigen Western durch den Kopf. »Ich wurde eins mit der Waffe.« Dann kniff ich ein Auge zu, zielte und drückte ab.

Mein Vater hatte mir beigebracht, wie man schoss. Wir waren oft auf dem Dom, standen immer nebeneinander an den Schießbuden und schossen auf Blechhasen, Rosen und auf Plastikbälle, die auf Fontänen tanzten.

Niemals waren wir so lange am Schießstand geblieben wie jetzt.

Ich schoss. Lud nach. Immer heftiger riss ich am Lade-hebel des Repetiergewehrs und schoss auf die Plastik-röhrchen. Ich genoss es zu sehen, wie das Plastik spritzte, störte mich nicht daran, wenn ich danebenschoss, lud ein-fach noch mal und schoss erneut.

Ich ballerte auf alles, was sich bewegte. Ab und zu schaute ich zu meinem Onkel, dann auf den Zähler des Gewehrs. Mein Onkel nickte, der Zähler klickte, und der junge Schießbudenmann wunderte sich.

Am Abend kamen Sebastian und ich heim. Dutzende Rosen, Schaumwein und diverse Kuscheltiere hatte ich erschossen. Ich war stolz und fühlte mich zumindest ober-flächlich befriedigt.

Fast jeder Schuss ein Treffer.

Joachim Kersten hatte wieder mal gekocht, wir aßen gemeinsam.

Die Stimmung war gelöst und zuversichtlich, mein Schaumwein wurde allerdings nicht angerührt. Schließlich wollten sich die Entführer noch an diesem Abend melden. Es könnte also heute Nacht tatsächlich losgehen, und die Geldboten und Polizisten mussten natürlich immer nüchtern sein.

Schwenn nahm sich ein Jever Fun aus dem Kühlschrank. Auf dem Rückweg zum Tisch öffnete er die Balkontür und stellte drei weitere kalt.

Nach dem Essen ging meine Mutter schlafen. Es war noch früh, etwa 20 Uhr, und ich wusste nicht, was ich tun sollte. Ich war noch aufgedreht vom Dom-Besuch.

Christian tippte lustlos auf seinem Computer, Kersten las ein Buch, und Schwenn bereitete irgendwelche Unterlagen vor. Vera und Nickel gingen die Vorbereitungen noch mal durch.

Ich hatte keine Aufgabe. Um 17 Uhr – die Zeit des gemeinsamen *Chronik*-Lesens – war ich gerade vom Dom nach Hause gekommen, und wir hatten sofort gegessen.

Ich hatte es schlicht vergessen. Jetzt fiel es mir wieder ein.

Mein schlechtes Gewissen machte sich durch ein Ziehen im Magen bemerkbar.

Auch in meinem Rücken schmerzte es ein bisschen, denn das Gewehr war schwer gewesen. Ich merkte jetzt, dass auch meine Schultern schmerzten. Außerdem hatte ich mir angewöhnt, an den Vormittagen aus Langeweile Sit-ups und Liegestütze im Badezimmer zu machen. Aber anstatt dass meine Muskeln wuchsen, wuchs sich ein konstanter Rückenschmerz aus, den ich immer, wenn mir langweilig wurde, umso deutlicher spürte.

Ich stand auf und lief unruhig durch die Küche, öffnete den Kühlschrank, schloss ihn wieder und setzte mich zu Christian. Er lächelte mich an, war aber vertieft in seinen Computer.

Nach ein paar Minuten stand ich wieder auf und ging in mein Zimmer.

Ich legte mich aufs Bett, nahm meinen Discman und hörte Die Ärzte.

»Du hast mich so oft angespuckt, geschlagen und getreten
Das war nicht sehr nett von dir, ich hatte nie darum gebeten
Deine Freunde haben applaudiert, sie fanden es ganz toll
Wenn du mich vermöbelt hast, doch jetzt ist das Maß voll
Gewalt erzeugt Gegengewalt, hat man dir das nicht erklärt?
Oder hast du da auch, wie so oft, einfach nicht genau zugehört?
Jetzt stehst du vor mir und wir sind ganz allein
Keiner kann dir helfen, keiner steht dir bei
Ich schlag nur noch auf dich ein
Immer mitten in die Fresse rein!«

Ich nahm die verbliebene halbe Valium von meinem Nachttisch, schloss die Augen und schlief bald ein.

Ich hörte nicht, wie das Telefon klingelte, bemerkte nicht, wie alle aufsprangen. Wie Schwenn nach den vereinbarten fünfmal Klingeln den Anruf entgegennahm und eine diesmal weniger nach Roboter klingende Stimme mit ihm sprach.

Ich erfuhr erst am Morgen von diesem Anruf, der im Lauf des darauffolgenden Tages immer wieder abgespielt wurde.

»*Hallo? Können Sie mich verstehen heute?*« zzzzzzhhhhhhh
Zurückspulen.

»*Hallo? Können Sie mich verstehen heute?*« zzzzzzhhhhhhh

»*Hallo? Können Sie mich verstehen heute?*«

Das weiche »L« des »Hallo«, die Betonung auf der zweiten Silbe des »verstehen« und des nachgesetzten »heute« und der daraus entstehende rheinländische Singsang des Satzes prägten sich allen sofort ein.

»*Ihr Klient möchte Dr. Schwenn sprechen bzw. dass er die Sache, äh, regelt.*«

»Der Doktor ist etwas viel, aber ich bin dran«, erwiderte Schwenn in unkonstruktiver Coolness.

Das Gespräch ging noch kurz weiter und endete dann mit den Worten:

»*Wir werden beraten.*«

»*Ja, wir werden beraten.*«

Der Akzent des Anrufers erinnerte mich an eine mir bekannte Stimme. Ich überlegte und überlegte, bis es mir mit Schrecken einfiel.

Joachim Kersten.

Mein Schreck über diese vermeintliche Erkenntnis war ebenso groß wie meine Angst, was ich mit dieser Idee nun machen würde. Ich schob sie einfach weg. Konnte es sein, dass Joachim Kersten in irgendeiner Form in die Entführung verstrickt war? Ich beschloss, diese absurde Idee aus meinem Kopf zu verbannen.

Als wir später alle gemeinsam in der abendlichen Runde saßen, versuchte ich, von Joachims Gesicht abzulesen, ob er der war, für den wir ihn alle hielten.

Als Schwenn wieder anfing, in seiner sehr eloquenten, aber betont flapsigen und scherzhaft politisch unkorrekten Art über »die rheinische Schwuchtel« herzuziehen, schmunzelte Kersten wie wir alle.

Ich habe es nie jemandem erzählt, aber tagelang quälte mich die Vorstellung, dass Joachim Kersten derjenige aus unserem Bekanntenkreis war, der es getan haben könnte, dass es ein genialer Schachzug der Entführer gewesen war, einen Komplizen in die Familie einzuschleusen. Deshalb war auch die Übergabe nicht geglückt. Die Entführer wussten ja, dass die Polizei im Spiel war. Sie wussten, dass das Auto eine mit Technik vollgestopfte Dublette war. Sie wussten – alles!

Irgendwann aber verflog meine Angst. Ich hielt auch deshalb nicht daran fest, weil mir Joachim als Bestandteil unserer Runde viel zu wichtig war, zu sympathisch, als dass ich mich emotional von ihm hätte lösen können. Ich beschloss, das Risiko einzugehen und meinen Verdacht zu vergessen.

Ich war in den letzten zwei Wochen immer wieder mit Christian Schneider bei No.1 gewesen, einem Gitarrenoder, besser gesagt, Musikladen in der Barnerstraße, dreißig Minuten mit dem Auto entfernt.

Auf dem heutigen Weg zu No.1, mit meiner Mutter und Christian, schweiften meine Gedanken ab.

Christian und ich fuhren häufiger gemeinsam zum Klettern in die Berge und uns verband eine erstaunliche Freundschaft mit unserem Bergführer Raimund, die sich nicht dafür interessierte, dass einer von uns beruflich Bergführer, einer Sozialwissenschaftler und einer zwölf Jahre alt war. Uns verbanden, stark und belastbar wie das Seil zwischen uns, die Liebe für die Kletterei und die gemeinsamen Abende auf der Hütte. Bergsteigergeschichten lauschend mit Weizenbier für Christian und Raimund und Kaiserschmarrn für mich.

Christian war geplagt von einem Tick. Dieser brachte ihn einmal sogar dazu, im Abstieg durch eine Felsspalte sich, über mir im Fels hängend, herunterzubeugen und mir mit einer schnellen Bewegung auf den Helm zu tippen. Ich erschrak, dachte, ich sei von einem Stein getroffen worden, und schaute mit zusammengekniffenen Augen nach oben. Christian ignorierte meinen erschrockenen Blick. Ich hielt es für einen recht gelungenen Witz.

Auch noch, als es am nächsten Tag wieder passierte.

Raimund war mir nicht weniger vertraut als Christian.

Immer sehr ruhig und gewissenhaft konnte er einschätzen, welche Route meine Fähigkeiten überstieg und welche ich noch gerade so schaffen konnte. Mit jeder Steigerung meiner Fähigkeiten wuchs die Bindung zu Raimund und Christian, die mich ermutigten und halfen, mir selbst zu vertrauen. Ich sah Raimund und Christian selten, eben nur in den Ferien, und dennoch war unsere Beziehung intensiv. So intensiv, wie es eben ist, wenn man über Tage sein Leben mit einem Seil sichert und dieses von einem Freund geführt wird.

Mich traf die Nachricht von Raimunds Tod wie ein herabfallender Fels. Meine Mutter kam aus ihrem Arbeitszimmer im Untergeschoss des Hauses die Treppe hoch. Das Telefon noch in der Hand, schaute sie mich an: »Johann, ich muss dir was sagen …« Raimund war ein paar Wochen zuvor von einer Tour zurückgekommen. Ein Herr, den er hatte führen sollen, hatte die eigenen Fähigkeiten überschätzt, war ausgerutscht und hatte sich das Bein gebrochen. Raimund schulterte ihn und trug den Verletzten ins Tal, wo er versorgt werden konnte.

Die örtliche Kantonspolizei bekam den Auftrag, den Rucksack des Verunglückten zu holen. Sie baten Raimund, ihnen zu helfen und ihnen die Stelle zu zeigen, wo der Rucksack noch liegen müsste. Raimund stimmte widerwillig zu. Er wusste, dass die Stelle gefährlich war, da Schnee gefallen und der Kantonspolizist kein guter Kletterer war. Am Abend zuvor hatte er seiner Mutter noch gesagt, wie gefährlich die anstehende Tour sei.

Trotzdem seilte er sich am nächsten Tag an den unerfahrenen Polizisten, und gemeinsam machten sie sich auf, den Rucksack zu bergen. Mitten auf einem Schneefeld kam es zur Katastrophe. Eine Lawine ging über ihnen ab,

109

Raimund versteckte sich geistesgegenwärtig hinter einem großen Felsblock, der Polizist rannte los. Quer über das Feld, weg von Raimund. Als der Kantonspolizist von der Lawine erfasst wurde, riss das Seil, das den Polizisten sichern sollte, Raimund mit ihm in die Tiefe. Ich war, wenn man das in diesem Zusammenhang sagen kann, am Boden zerstört. Ein guter, für mich wichtiger Mensch war durch die Panik eines anderen gestorben. Raimund und unser Plan, das Matterhorn und andere Viertausender zu besteigen, waren verloren.

Wie schlimm konnte es noch werden?

Plötzlich hörte ich auf meinem Platz auf der Rückbank des Volvos meiner Mutter, wie Christian sich zu ihr beugte und sagte: »Heute Abend wird's passieren.«

Meine Mutter war mindestens so zermürbt wie ich. Die Energie, die ich aus diesem Ausflug ziehen konnte, war für meine Mutter nur schwer zu verstehen, und die Autofahrt zu dem Gitarrenladen, der zu einer Art Refugium für mich geworden war, nahm sie sichtlich mit.

Ich hätte dort Stunden damit zubringen können, jede Gitarre und jeden Verstärker anzuschauen und mich über Baujahr, technische und klangliche Unterschiede zu informieren. Ich kannte mittlerweile alle Gitarrenverkäufer beim Vornamen. Nachnamen schienen in diesem Paradies der Abgeschiedenheit für Nischenbegabte sowieso niemanden zu interessieren, was ein weiterer Grund war, warum ich mich hier wohler fühlte als zu Hause, in der Galaxie der Reemtsma-Entführung.

Christian war ein guter Gitarrenspieler, ich glaubte zumindest, ich könne mal einer werden, und gemeinsam nahmen wir vorsichtig Gitarre für Gitarre aus den Halterungen an der Wand mit in die Kabine, um zu spielen.

Ein Schild außerhalb des Testraums wies darauf hin, dass bestimmte Lieder verboten seien. Weil »Smells Like Teen Spirit« und das Riff von »Come As You Are« von Nirvana dazugehörten, beschränkte sich meine Anwesenheit in der Kabine auf das andächtige Halten der Gitarren.

In den Monaten zuvor hatte ich tagelang vor dem Fernseher gekniet, die Fernbedienung dabei fest umschlungen, jederzeit bereit, die VHS-Kassette zu stoppen, um mittels Standbild die genaue Fingerhaltung Farin Urlaubs bei den Akkorden sämtlicher Ärzte-Lieder zu analysieren. Wie mein Vater damals die Muhammad-Ali-Kämpfe.

Meistens ohne Erfolg, denn die Art und Weise, wie Farin Urlaub, ohne auch nur einen Blick an das Griffbrett zu verschwenden, die tiefen, dicken Saiten mit dem obersten Glied seines Daumens ans Griffbrett drückte, als wäre seine Gretsch White Falcon nichts weiter als eine Fernbedienung der Rockmusik, ließen mich in Bewunderung erstarren, statt meinen Ehrgeiz anzustacheln.

Immer wieder spielte Christian Lieder, die ich nicht kannte. Er griff mit seiner linken Hand komplizierte Fingersätze auf dem Griffbrett, und die langen Nägel seiner rechten Hand zupften schnell die Stahlsaiten über den Pick-ups.

Es gab Gitarren, das hatte ich hier gelernt, mit Single-Coil-Pick-ups und andere mit Humbuckern.

In der Gibson 335, die auf dem obersten Regal zwischen Dutzenden anderer Gitarren ihren Platz hatte, waren zwei silberne Humbucker eingebaut.

Farin Urlaub hatte eine Gitarre in ähnlicher Form, mir gefiel das Rot, und ich hatte das Glück, dass die Humbucker meine etwas verkrampften Spielversuche großzügiger verziehen als die etwas heller und drahtiger klingenden Single-Coils, die etwa bei einer Fender-Stratocaster verbaut waren.

Sobald ich merkte, dass eine von Christians Melodien zu Ende ging, griff ich ungeduldig nach der Gitarre und wollte sie zurückbringen, um eine weitere auszuprobieren. Ich trug sie hinaus und gab sie einem der gleichmütigen Mitarbeiter, der sie wieder in unerreichbare Höhe hängte oder wegstellte und mir danach eine weitere Gitarre aushändigte.

»Junge. Irgendwann kaufen du und dein Papa aber auch mal eine, oder? Das ist hier schließlich kein Spielplatz, sondern ein Laden. Eine Kaufhalle!«

Ich nickte und zog die Tür der Kabine zu, steckte das Kabel in Gitarre und Verstärker, ließ den Standby-Schalter nach oben klacken.

Einen Vorgang, den ich mich bei der Hi-Fi-Anlage meines Vaters nie getraut hatte, konnte ich hier zur Perfektion bringen. »Immer willst du wie ein Affe auf irgendwelche Köpfe drücken«, hörte ich die Stimme meines Vaters in meinem Kopf.

Mit einem sicheren Schnipsen drückte ich den Power-Schalter nach oben. Die rote Leuchte begann zu strahlen, die Röhren leise zu brummen, und wir begannen zu spielen.

Am Ostersonntag bekam ich unter widrigen Umständen, wie sollte es anders sein, die rote Gibson 335, auf die ich schon seit langer Zeit sparte.

Es war niemand einfach in den Laden gefahren und hatte die Gitarre gekauft. Nein, meine Mutter kaufte sie, während ich mit Christian im Auto saß und wartete. Für meine Mutter und mich war Warten zu etwas geworden, was schwer auszuhalten war. An der Belastungsgrenze, an der wir uns befanden, war jedes weitere Warten außerhalb der direkten Entführungssituation zu viel. Jeder Stillstand, jede rote Ampel, und auch das Warten auf die Bestätigung der Zahlung einer roten Gibson 335 wurde zur neuerlichen Belastungsprobe.

Im Auto sitzend, dem leicht nervösen Christian ausgeliefert, ahnte ich natürlich, dass meine Mutter nicht zum Spaß länger als nötig bei No.1 blieb. Ich konnte mir vorstellen, warum sie länger als Christian und ich im Laden geblieben war, doch war mir jegliches Gefühl der Vorfreude auf ein lang ersehntes Geschenk abhandengekommen.

Als ich mich gerade zu Christian nach vorn beugen wollte, hörte ich, wie der Kofferraum geöffnet wurde. Ich hörte ein leises Poltern, drehte mich um und sah, wie meine Mutter den Kofferraum zuknallte.

Auf der sehr zügigen Rückfahrt sprachen wir nicht viel.

Meine Mutter fuhr schnell und sicher, Christian hatte das Fenster heruntergekurbelt und ließ seine halblangen grauen Haare vom Wind durchpusten. Die ganze Fahrt bis nach Hause schaute ich aus dem Seitenfenster.

Am Abend nahm ich wieder eine halbe Valium, und nach kurzer Zeit vernebelten sich meine Gedanken an die grandiose Gitarre, die ungeduldigen Verkäufer, meine gestresste Mutter und meinen toten Vater zu einer dunklen Wolke des Vergessens.

Solche Nächte kennen keine Träume und keine wirkliche Ruhe. Sie sind schwarz und eigentlich kaum da, ihre Erholung ist künstlich. Eine, die den Körper funktionieren lässt und den Geist daran hindert, verrückt zu werden.

Aber sie heilen nicht.

Mitten in der Nacht klingelte im Erdgeschoss das Telefon. Ich schreckte matt und dennoch elektrisiert hoch. Die dunkle Wolke hatte sich schlagartig verzogen.

Wenn das Telefon tagsüber klingelte, sprangen alle Menschen im Haus wie in einer Bewegung auf und rannten hin, auch wenn meistens nur mein Freund Niklas oder unsere Putzfrau Frau Gutke dran war.

»Hallo. Hier ist Niklas. Ist Johann da?«

»Nein, Johann ist nicht da«, hörten alle Schwenn sagen.

Im Raum wurde kollektiv ausgeatmet.

Niklas wollte wissen, wie es mir ginge, ich war ja nun schon einige Tage nicht in die Schule gekommen.

Schwenn erklärte bereitwillig, dass ich noch immer krank sei und mich melden würde, was ich nie tat.

Das Telefon war ja so verkabelt, dass es für ein normales Gespräch im Grunde überqualifiziert war. Außerdem sollte die Leitung zu keiner Zeit belegt sein. Ich sprach also in diesen Tagen mit keinem meiner Freunde.

Frau Gutke hingegen wollte wissen, wann sie denn wieder zur Arbeit erscheinen solle. Meine Mutter hatte ihr auf unbestimmte Zeit freigegeben mit der Begründung, dass wir etwas Zeit für uns bräuchten. Dies beunruhigte sie verständlicherweise, und so fragte sie regelmäßig nach.

Die Spannung, die abfiel und sich in Enttäuschung verwandelte, die kurze Wut auf Niklas oder Frau Gutke, wie man es überhaupt nur wagen könne, uns anzurufen, war bei jedem im Raum spürbar und oft auch sichtbar.

Oft äffte Schwenn noch einmal »Hier is Frau Guuhtkee« nach, nachdem er das Gespräch beendet hatte. Manchmal lächelten wir.

Nun allerdings war es mitten in der Nacht, und die Wahrscheinlichkeit, dass es bei diesem Anruf um etwas anderes ging, war hoch. Niklas und Frau Gutke schliefen.

Es klingelte ein weiteres Mal.

Im Erdgeschoss, ich hörte es in meinem Bett sitzend genau, sprangen die Menschen auf und die Geräte an. Das Licht ging an, das Telefon klingelte wieder. Der Ton des Apparats durchzog meinen gesamten Körper, bis Schwenn den Anruf annahm.

Es war der dritte Anruf der Entführer, aber der erste, den ich live mitbekam.

Die Stimme am Telefon, die über Lautsprecher in mein Zimmer schallte, war so verzerrt und hochgepitcht, dass man nahezu nichts verstehen konnte. Es war einfach nur ein grässlicher, verzerrter Lärm. Eine kreischende Stimme, die klang, als hätte sich Mickey Mouse im Wohnzimmer unter mir plötzlich mit Godzilla vereint, und dieses Monster versuchte nun, mit uns durch ein blechernes Megafon zu kommunizieren.

Ich stand mit pumpendem Herz und engen Lungen auf, öffnete die Tür meines Zimmers und ging in den Flur und zwei Stufen die Treppe hinunter. Dort hatte ich am ersten Abend der Entführung schon einmal gesessen und Vera und Schwenn gelauscht. Doch diesmal konnte ich sicher sein, dass niemand für mich hier oben auf den ersten Treppenstufen ein Auge haben würde.

Trotzdem traute ich mich nicht weiterzugehen, da ich wusste, dass meine Mutter versuchte, Details im Kontakt mit den Entführern vor mir zu verbergen. Mich nicht damit zu belasten und somit eine Art Schutzraum zu schaffen innerhalb der Blase der Entführung, in der wir uns ohnehin schon befanden.

Das verheimlichte Foto, der Panikbrief. Von alldem wusste ich damals noch nichts. Ich spürte nur die angespannte Situation zwischen allen im Haus und mir. Ich wusste, dass im Hintergrund mehr passierte, als ich mitbekam, hatte aber Angst vor den Details. Angst, dass sie zu schrecklich waren, aber vor allem Angst, dass ich nichts damit würde anfangen können. Dass sich herausstellte, dass ich es gar nicht verstehen konnte und somit noch weniger Platz in diesem Haus hatte.

Und nun – aus dem dunklen Nichts – diese schreckliche, blechern verzerrte Stimme.

»Hallo.« Pause.

»Sind Sie bereit?« Pause. Rauschen.

Niemand sagte etwas. Ich hörte sogar das Drehen der Tonbänder.

»Hör'n Sie. Hab ich eine Frage. Hatte – Welche Behinderung hatte der Lehrer Dürsen?«

Es war alles kaum zu verstehen.

Kratzen. Zerren. Dann: »… welche Behinderung?«

Schwenn, der ans Telefon gegangen war, versuchte verzweifelt, nachzufragen.

»*Welche Behinderung* davor verstehe ich nicht, was davor ist. Sie müssen es bitte etwas deutlicher sagen. Wir tun alles …«

Stimme: »Moment.«

Rascheln. Krachen.

»Na gut, dann Nachricht ohne …«

Das Verzerren schien nun minimal weniger zu krächzen als zuvor.

»Moment.«

Schwenn: »…was Sie wollen.«

Stimme: »Wer ist Herr Dürsen?«

Schwenn: »Wer ist Herr …?«

»Dürsen, der Lehrer Dürsen. «

»Der Lehrer?«

»Welche Behinderung hatte er?«

»Ich, ich verstehe das nicht, bitte sagen Sie es etwas deutlicher.«

Schwenn begann vor Verzweiflung zu weinen.

Es war alles völlig unverständlich, und auch ich konnte keinen genauen Wortlaut erkennen.

Was passierte hier nur? Ich bekam es nicht zusammen. Die verzerrte Stimme, unser Zuhause, die Nacht, die Panik. Ich verstand es nicht. Ich hatte nur Angst.

Auch Schwenn schien unten im Erdgeschoss nahezu am Ende zu sein.

Schwenn wieder: »Ich verstehe das nicht, bitte sagen Sie es etwas deutlicher.«

Im Hintergrund hörte man nun eine weitere Stimme »Hallo? Hallo? Hallo?«

Schwenn: »Hallo? Hallo?«

Stimme: »Hallo. Können Sie mich jetzt besser verstehen?«

»Jetzt ist es besser. Ja. Ich kann Sie jetzt …«

»Hören Sie mich denn jetzt? Ihr Lehrer, der Klassenlehrer Dürsen, hat der eine Behinderung?«

Ich schlug die Hände vor den Mund, um nicht zu schreien.

117

Wie in einem Albtraum, in dem man rennen will und nicht kann, in dem man schreien will, aber die Stimme versagt. Ich drückte die Hände, die einzelnen Finger fester an meine Lippen.

Schwenn: »Mein Klassenlehrer Dürsen hatte eine Behinderung. Ja.«

»Welche?«

Schwenn: »Die Antwort ist: Er war nicht mein Klassenlehrer. Aber die Behinderung war das Bein. Er hatte ein appes Bein!«

Die Stimme kreischte: »Sie sind das jetzt, das ist klar. Wir haben technische Probleme. Wir melden uns wieder.«

Meine Knie wurden weich. Das ganze Haus schien zu erzittern vor diesem schrecklichen Geräusch. Keine Ecke, kein Spalt, der nicht von diesen Lauten erfüllt war.

Ich sank auf die Stufen, klammerte mich am Treppengeländer fest, meine Hand rutschte vom hölzernen Handlauf hinunter an die eiserne Befestigung, wo das kalte Gefühl die Wahrnehmung verstärkte, die durchs Haus kreischende Stimme sei selbst aus Metall.

Meine Zähne aufeinandergepresst. Den Bauch angespannt und die Ellenbogen in meine Seiten verkeilt, saß ich auf den kalten, steinernen Treppenstufen.

Da hörte ich unten Schritte. Eine erste Bewegung im Wohnzimmer, in dem bislang alle still, konzentriert und voller Schrecken zugehört hatten. Ich befürchtete, jemand würde die Treppe hochkommen und mich hier oben so zusammengekauert sehen.

Ich nahm die Hand vom Geländer und hielt mir die Ohren zu. Dann lockerte ich meine Hände nach ein paar Sekunden und hörte noch, wie die Stimme etwas sagte, was ich wieder nicht verstand. Kam jemand nach oben?

Ich stellte mir kurz den erschrockenen, mitleidigen

Blick vor, der sich auf mich richten würde. Mitleid, das meine Trauer, meine Panik, Angst und meine Verzweiflung nur befeuern würde. Das wollte ich nicht. Keine Hoffnung, keine Angst, keine Trauer und keine Tränen.

Zitternd griff ich das Geländer und kniete mich hin, um durch die Stufen ins Wohnzimmer zu schauen.

»48 Stunden später!«, kreischte die Stimme.

»Ja«, antwortete Schwenn, »geben Sie uns ein Signal, dass die Übergabe geklappt hat.«

»Ja«, schepperte es durchs Haus.

Auf einmal, als hätte jemand jegliche Freude und sämtliches Leben aus dem Haus gesaugt, war es still.

Nur noch mein Körper vibrierte.

Im Wohnzimmer standen oder saßen Schwenn, meine Mutter und die Polizisten Vera und Nickel um das Tonbandgerät und spulten die Kassette zurück, um das Gespräch nochmals zu hören und zu analysieren.

Alle waren bleich und sichtlich mitgenommen.

Schwenn fiel auf die Matratze und schluchzte.

»Ich konnte nichts verstehen. Es tut mir leid, es war zu undeutlich, es war entsetzlich! Dürsen war Jan-Philipps Klassenlehrer, nicht meiner! Wir waren nicht in einer gemeinsamen Klasse!«

Leise stand ich auf und ging die paar Stufen zurück in den oberen Flur und dann in mein Zimmer.

Was war geschehen?

Die Stimme vom anderen Ende einer fremden Galaxie war so verzerrt und unverständlich gewesen, dass das Gespräch zu nichts geführt hatte. Sie würden sich wieder melden. Wie immer.

Die Polizisten spielten das Gespräch diesmal glücklicherweise ausschließlich über Kopfhörer noch ein paarmal ab, um zu entschlüsseln, was gesagt worden war. In meinem Körper kämpfte die Panik gegen eine halbe Valium an, der rasende Herzschlag drückte gegen die bleierne Schwere, die mich übermannte. Irgendwann hörte mein Herz auf zu schlagen, meine Gedanken auf zu rasen, es zog eine dunkle Wolke auf, und ich sank zurück in den Nebel des Schlafs.

Am Morgen wachte ich gegen 9 Uhr auf. Als ich die Augen öffnete, war mein Kopf klarer. Ich stand langsam auf und ging die Treppe hinunter ins Wohnzimmer.

Lag Schwenn immer noch auf der Matratze? Mir schossen Erinnerungen von der letzten Nacht durch den Kopf. Das unwirkliche Kreischen. Schwenns Verzweiflung. Das Haus, das vollends mit diesem scheußlichen Geräusch ausgefüllt schien, das ein Entkommen unmöglich gemacht hatte.

Meine Mutter und Schwenn hatten nicht geschlafen. Die Polizisten waren ein paar Stunden nach dem Anruf nach Hause gefahren. Meine Mutter machte Frühstück und erklärte mir, sie würde später am Tag die Sachen für Jan Philipps Heimkehr packen müssen. Die Polizei hätte es ihr geraten. In der Nacht, erzählte sie, hätte es wieder einen Anruf gegeben. Die Entführer seien schlecht zu verstehen gewesen und würden sich bald wieder melden.

Ein Versuch, von der vergangenen Nacht kindgerecht zu erzählen, dachte ich.

Sie wusste ja nicht, dass ich alles gehört hatte, und ich beschloss, es ihr vorerst auch nicht zu sagen. Es gab genug Dinge, die beunruhigend waren, da wollte ich meiner Mutter nicht noch einen weiteren Grund zur Sorge liefern.

Ich dachte an meinen Vater.

Ich überlegte kurz, was für Sachen meine Mutter packen

wollte, denn er hatte ja alles hier. Dann schoss mir wieder die Höhle, in der ich meinen Vater vermutete, durch den Kopf. Mir wurde schlagartig klar, dass er wohl kaum, sollte er jemals lebendig zurückkommen, unversehrt sein würde. Schon gar nicht seine Kleidung.

Oh Gott – wie würde er nur aussehen?

Knapp vierzehn Tage in einer dunklen Höhle gefangen gehalten.

Ich setzte mich zu meiner Mutter. Sie lächelte mich an. Es war Ostersonntag, und meine Mutter hatte tatsächlich ein paar Ostereier im Garten versteckt.

Das Suchen der Eier, so absurd es klingt, machte mir Spaß. Die meisten Dreizehnjährigen wollen die Ostereiersuche, die angeblich für Kinder gedacht ist, ja eher cool und so unbeteiligt wie möglich über die Bühne bringen, aber ich lebte gerade in einer Welt, in der ich tagtäglich erwachsen, durchdacht und gefestigt sein musste, und war froh über diese bunte, kindliche Abwechslung. Meine Mutter schien sich vorab gesorgt zu haben, dass Eiersuchen im Garten ein gefundenes Fressen für Journalisten in Lauerstellung sein könnte, entschied sich dann aber doch dazu, der kleinen Freude den Vorrang zu lassen. Einigermaßen gelöst liefen wir gemeinsam durch den Garten und sammelten die Ostereier und Süßigkeiten ein. Meine Mutter trug den Korb, ich lief voran.

Als ich der Meinung war, dass alle Eier gefunden waren, gingen wir rein. Ich wollte schnell hoch in mein Zimmer, doch im Wohnzimmer lag noch etwas, was ich finden sollte. Ein Gitarrenkoffer.

Ich freute mich sehr, drehte mich zu meiner Mutter um. Sie lächelte müde, und ich umarmte sie.

Dann ging ich hoch in mein Zimmer, um die Ostereier zu essen und die 335 aus dem Koffer zu heben.

Ich schloss die Tür und kontrollierte nochmals mit einem Ruck, ob sie auch wirklich nicht von außen zu öffnen war. Ich wollte diesen Moment ganz für mich allein. Ich öffnete die drei Schnappverschlüsse des hellbraunen Koffers mit Gibson-Schriftzug. Ein Schauer lief mir über den Rücken. Ein rosafarbenes Fell strahlte mir entgegen. Ich weiß nicht mehr, was ich erwartet hatte, doch mit Sicherheit war es kein pinker Plüsch gewesen.

Die strahlende, überraschend weibliche und grelle Farbe zog mich sofort noch mehr in den Bann des Instruments.

Bis zu diesem Zeitpunkt hatte ich mich mit den männlichen Helden aus *Star Wars*, *Zurück in die Zukunft*, *Rocky* und *Rambo* beschäftigt und Farin Urlaub und Bela B. gelauscht. Vielleicht noch The Offspring, Bad Religion, Green Day oder Georg Kreisler, aber niemanden aus dieser Reihe assoziierte ich mit der Farbe, die mich beim Öffnen des Gitarrenkoffers überwältigte. Kurz erinnerte ich mich an ein Foto von Woody Guthrie, auf dem er, seinen Blick fragend in den Raum gerichtet, eine Gitarre hielt, auf der ein Aufkleber prangte: »This machine kills fascists«, stand da. Und obwohl ich auf dem altsprachlichen Gymnasium, das ich besuchte, erst seit einem halben Jahr Englischunterricht hatte, konnte ich mir die Bedeutung schnell zusammenreimen.

Vor dem Koffer kniend zog ich das rosa Fell auf meine Oberschenkel. Da lag sie. Ich umfasste ihren Hals und hob sie vorsichtig auf meinen Schoß. Schwer war sie. Strahlend rot und schön.

An Gitarrespielen war am nächsten Tag nicht zu denken. Ich hatte mir vorgestellt, wie die strahlende Gitarre meine Fähigkeiten beflügeln würde. Doch auch auf dieser Gitarre waren meine Spielversuche mehr als dürftig. Außerdem machte ich mir vor allem Sorgen, dass ich zu viel in der Schule verpassen würde. So sehr wir auf unserem eigenen Planeten in der Galaxie der Entführung meines Vaters lebten, es war mir doch sehr bewusst, dass die Zeit draußen weiterlief. Und zwar ohne mich. Meine Freunde lernten ohne mich. Meine Freunde lebten ohne mich. Die Schule wartete nicht auf mich, und ich befürchtete, vielleicht für immer den Anschluss zu verlieren. Vielleicht ja für immer auf diesem Planeten gefangen zu sein, wenn ich nicht irgendwie versuchte, eine Brücke zu bauen.

Ich sprach mit meiner Mutter, und wir beschlossen, Herrn Andersen, den Schulleiter des Christianeums, zu informieren, sowie meine Deutschlehrerin Frau Schwarzrock. Außerdem hatte ich einen Freund in meiner Klasse, den körperlich zarten, aber geistig durchtrainierten Friedrich, dessen Mutter sich nach einem kurzen Gespräch mit meiner Mutter bereit erklärte, dass er mir bei sich zu Hause den verpassten Stoff erklären würde.

Endlich hatte ich eine echte Ablenkung in der zerrenden und zermürbenden Langeweile gefunden.

Doch noch war ein weiterer Tag herumzubringen.
This machine kills hours.
Wäre es doch nur so gewesen.
Mir war langweilig.

Ich sitze auf meinem Stuhl und ich schaue an die Decke.
Und ich stell mir wieder mal die gleichen Fragen:
Wo komm ich her, wo geh ich hin und wieviel Zeit
werd ich noch haben?

Ich bin genervt, ich bin frustriert
weil hier einfach nichts passiert.
Weil hier nie etwas passiert.

Und ich schau wieder auf die Uhr,
Du bist immer noch nicht da.
Keine Ahnung wo Du bleibst.
Es ist wahr:
Mit ist langweilig. Mir ist langweilig. Stinkend langweilig.

Es war immer wieder beruhigend, mich daran zu erinnern, dass mein Vater seinen ironischen, schnellen Witz
nicht verloren zu haben schien.

Ich stellte mir vor, wie er die Zeilen an mich schrieb.
Vielleicht schmunzelte er sogar?

Johann, spiel ›Langweilig‹ für mich.

Ich stellte mir vor, wie er sich schon währenddessen gedacht hatte, dass ich genau wusste, wie sehr er die Langeweile, die nicht durch Lesen bekämpft werden konnte,
hasste. Dieser Satz brachte mir nicht nur Verzweiflung, er
brachte mich meinem Vater doch für einen kurzen Moment wieder näher. Weil ich wusste, dass er wusste, dass
diese Idee die Situation nicht ändern würde. Sie zeigte die
Ausweglosigkeit auf, ohne hoffnungslos zu sein.

Er machte das Beste draus, und ich sollte es auch tun. Nur, dass ich es nicht konnte.

Es war ohnehin eine auf mehreren Ebenen schreckliche Situation, die Briefe meines Vaters aus der Gefangenschaft an meine Mutter, mich oder uns beide zu lesen.

Die Dinge, die er schrieb, waren Aussprüche, die ich von meinem Vater bislang noch nie persönlich gehört hatte. Keiner in unserer Familie fühlte sich wohl dabei, herzliche, liebevolle Dinge laut auszusprechen.

»Ich liebe Euch«, »Drück Kathrin von mir«, »Ich vermisse Euch unsäglich«. All diese Sätze klangen so fremd und berührten mich auf merkwürdige Weise. Es schien mir, als wäre es gar nicht mein Vater, der da schrieb. Oder kannte ich meinen Vater nicht?

Noch fremder wurden die vermeintlich intimen Sätze dadurch, dass wir sie erst Stunden später selbst lesen durften, nachdem sie durch diverse Polizistenhände gegangen waren und uns schließlich in Schwarz-Weiß, auf dünnem, glattem Faxpapier übergeben wurden. Sie waren Teil der Kriminalgeschichte, zu der unser Leben geworden war.

Die Intimität war dadurch verwässert worden. Ausgelaugt. Abgenutzt. Jeder Brief, jeder Satz, jedes Wort war ohnehin eine potenzielle Hilfe bei der Suche nach dem Verlies meines Vaters, den Tätern oder sonst irgendeinem sachdienlichen Hinweis.

Das Lied »Langweilig« wurde Zeile für Zeile interpretiert. Jeder der Sätze meines Vaters wurde überdacht. Erwähnte er in einem Brief an mich Tom Sawyer und dass er Angst habe, bald kein Licht mehr zum Schreiben zu haben, oder dass er sich fühle wie Indianer Joe, wurde ich gebeten, das entsprechende Buch zu holen und die Stelle herauszusuchen. Dann wurde lange darüber gebrütet, was das bedeuten konnte.

Dass mein Vater tatsächlich einfach Angst hatte, kein Licht mehr zum Schreiben zu haben, da er bei Kerzenlicht gefangen gehalten wurde, war für niemanden eine Option. Hatten die Entführer Angst, er könnte sich mit elektrischem Licht irgendwie umbringen?

Abgesehen von der Höhle, in der ich ihn weiterhin verortete, war es mir unmöglich, mir etwas Konkretes vorzustellen.

Aber für sprachliche Feinheiten war ich ohnehin sensibilisiert, da kein Tag verging, an dem mein Vater mich nicht verbesserte. Eine Aufgabe war nicht *schwer,* sondern *schwierig. Sozusagen* oder *quasi* waren Wörter, die es zu vermeiden galt. *Echt?* sollte man bitte schön aus seinem Wortschatz streichen und durch einen vollständigen Satz ersetzen!

Das »..., *du?*« durfte ich nicht »postponieren«, und ließ sich jemand hinreißen anzukündigen, er würde jetzt mal zu *Budni* fahren, hörte man von meinem Vater aus der hinteren Ecke des Raums nur ein lautes »Kowski!«.

Nun sollten diese sprachlichen Genauigkeiten auf einmal über Leben und Tod entscheiden.

Ich beließ es dabei, die Briefe als das, was sie tatsächlich waren, zu lesen: als Lebensbeweis. Allerdings musste ich auch hier genau sein. Die Briefe waren kein Beweis dafür, dass er noch am Leben war, während ich sie las.

Ich versuchte, mir also besser gar nichts vorzustellen. Ich wusste nicht, wo mein Vater war, und nicht, wie es ihm ging. Je näher eine Geldübergabe rückte, desto größer wurde mein Zwiespalt.

Sollte ich mir wünschen, dass alles klappte, die Entführer das Geld nahmen und wir somit unseren Teil des vermeintlichen Geschäfts erfüllten? Würden sie dann auch ihren Part erfüllen?

Wurde nicht mit der Geldübergabe in Wahrheit auch der Tod meines Vaters immer wahrscheinlicher? Denn wozu brauchten sie ihn noch, wenn sie das Geld hatten? War er dann nicht ein lästiger Zeuge, der womöglich ihre Identität kannte?

Ich war schon früh dazu übergegangen, mich damit abzufinden, dass mein Vater früher oder später ermordet werden würde, und versuchte mich nicht mit der Frage herumzuschlagen, wie es ihm in bestimmten Momenten ging. Was, wenn ihm, wie angekündigt, vielleicht in diesem Moment mit einer Zange, einem Beil oder einem Messer ein Finger abgetrennt würde und er schreiend und blutend in irgendeinem Loch lag und nichts anderes versuchte, als nicht verrückt zu werden? Versuchte zu überleben.

Als ich noch ein normales Leben gehabt hatte, hatte ich meine Tage neben der Schule mit Sport ausgefüllt. Vor Kurzem hatte ich nach einigen Jahren Judotraining damit aufgehört. Seitdem versuchte ich, alle meine Energie ins Klettern und Gitarrespielen zu stecken.

Auch wenn ich die Befürchtung hatte, dass diese beiden Hobbys einander irgendwann ausschließen würden und ich mich zwischen ihnen entscheiden müsste, lagen damals in meinem Zimmer neben einer billigen Akustikgitarre von der Hausmarke des Musikhauses Thomann auch ein Klettergurt, ein Seil, Karabiner und Abseil-Achter.

An so manch potenziell langweiligem Nachmittag betrat ich den Balkon, der vom Schlafzimmer meiner Eltern zu erreichen war, legte mir den Gurt an, befestigte einen Karabiner an den beiden offenen Enden des Gurts, der sie nun zusammenhielt, und klinkte den Abseil-Achter ein. Dann knotete ich das eine Ende des Kletterseils mit einem Mastwurf oder einem gefädelten Achterknoten an das Balkongeländer und warf das andere Ende über die Brüstung, um mich über das Geländer zu schwingen und nach hinten ins gestraffte Seil rutschen zu lassen. Ich hing dann waagerecht zur Außenwand des Hauses in zehn Metern Höhe. Sorgfältig, aber immer schneller werdend, seilte ich mich nun rückwärts hüpfend an der Hauswand ab, bis ich das Gras des Gartens unter den Füßen spürte. Dann rannte ich die Wendeltreppe im Haus wieder hinauf und hinaus auf den Balkon. Dies wiederholte ich zehn bis zwanzigmal.

Das Geländer hatte sich dadurch im Lauf der Zeit stark verbogen, was mich aber kein Stück an seiner Stabilität zweifeln ließ. Ich achtete lediglich darauf, mir immer wieder neue Befestigungspunkte zu suchen und so das Geländer wieder zu begradigen.

In den ersten Tagen der Entführung allerdings war die einzige körperliche Betätigung die gewesen, den Fernseher hoch in das Schlafzimmer meiner Eltern zu schleppen. Nicht nur, dass mein Vertrauen in die Festigkeit der Dinge schwer angeknackst war und es mir an Motivation fehlte, ich hatte es irgendwie auch nicht für angemessen gehalten, in diesen Tagen Sport zu treiben.

Immer wurde mitgedacht, dass eventuell Journalisten Fotos von uns und unserem Haus und Garten machen konnten. Sollte ich mich vor deren Augen an der Hauswand abseilen? Wie deplatziert hätte das ausgesehen? Hat das Kind sonst keine Sorgen? Die Mutter sonst keine Probleme?

Am Bett meiner Eltern ließen sich mit einer Fernbedienung das Kopf- und Fußteil verstellen, was mir immer schon großen Spaß gemacht hatte. Jetzt richtete ich beide Teile maximal auf, stopfte mir ein Kissen in den Nacken und konnte wie ein Astronaut in einer startenden Mondrakete auf den Fernseher glotzen, den ich ans Fußende geschoben hatte.

Vom täglichen Einkaufsausflug mit meiner Mutter oder einem Polizisten brachte ich mir Unmengen von Süßigkeiten und sogenannten Salzigkeiten mit. Hauptsächlich welche, die krümelten und die ich unter normalen Umständen nicht mit hätte ins Bett nehmen dürfen.

Den eingebauten Videorekorder fütterte ich derweil nach und nach mit allen mehr oder weniger jugendfreien Filmen, die mein Vater im Keller in seiner VHS-Sammlung hatte. *Rambo*, *Rocky*, *Star Wars*, *Indiana Jones* und so weiter. Auch Fernsehsendungen wie *Marshall Bravestar* entgingen meiner unstillbaren Langeweile nicht. Für ein paar Stunden täglich konnte ich die Angst so dämpfen. Zumindest, wenn es mir gelang zu vergessen, warum ich fernsah.

Doch auch in dieser Situation ließen mich meine Gedanken nie ganz los, ich erinnerte mich an die Videoabende mit meinem Vater. Er ließ mich immer deutlich merken, welche Filme ihm gefielen, und seine Begeisterung riss mich oft mit.

Die Meuterei auf der Bounty, *Moby Dick* oder auch *Ivanhoe* hatten wir neulich erst gesehen.

Als ich *Ivanhoe* einlegte, erinnerte ich mich sofort daran, dass es in dem Film maßgeblich darum ging, dass Richard Löwenherz von Leopold V. entführt und gefangen gehalten wird. Prinz John weigert sich, das Lösegeld zu zahlen. 150 000 Silbermark.

Waren die wohl schwerer zu transportieren als die 20 Millionen in Scheinen, die zwischen unserem Keller und der Frühstücksecke hin und her geräumt wurden?

Ich schaltete den Fernseher aus und kramte nach einer anderen Kassette. Ab und an, wenn wir Filme zusammen schauten, empörte sich mein Vater über die Synchronisation.

»Hinfort!«, riefen die Ritter in *Ivanhoe* oder *Prinz Eisenherz* und meinten damit so etwas wie »Hau ab!«. »Hinfort«, so mein Vater, sei aber »weiß Gott keine Formulierung für einen Befehl.« Es handele sich vielmehr um eine Zeitangabe.

Ich versuchte immer auszublenden, über was mein Vater sich da neben mir echauffierte, und mich auf den Film zu konzentrieren.

»Ich werde hinfort nie wieder ›Hinfort!‹ rufen!«, legte mein Vater dem Ritter in den Mund, während ich mir das Ohr auf der Seite, auf der mein Vater saß, zuhielt und mein anderes ohnehin schon leicht abstehendes Ohr an der Muschel demonstrativ gen Fernseher zog.

Hinfort!

Ich zählte die Videokassetten. Zehn Videokassetten mit einer Spielzeit von maximal zwei Stunden pro VHS konnten nur wenige Tage Langeweile bekämpfen.

Ich musste also noch einen weiteren Weg finden, die Zeit totzuschlagen.

Oft wachte ich morgens auf, teils noch etwas neblig im Kopf, hörte aber direkt beim Aufwachen Stimmen von unten. Vogelgezwitscher und Stimmen aus dem Wohnzimmer unter mir verwoben sich zu einem wenig verheißungsvollen Soundbrei.

Der Brei schob den Nebel beiseite, und die Angst schoss

mir in die Glieder. Langsam öffnete ich die Tür und versuchte, den Wortfetzen, die von unten heraufschallten, einen Sinn zu geben.

War mein Vater tot? War die Geldübergabe geglückt? Hatten sich die Entführer über Nacht gemeldet?

Diese Ungewissheit, die meine Tage prägte, war am Morgen besonders stark. Ich zog mich an. Schlafanzughose aus, Hose an. Das Oberteil wechselte ich erst mal nicht. Ich atmete durch und sammelte meine Kräfte.

Ich musste versuchen, stark zu sein. Ich musste versuchen, klar zu sein. Meine Mutter durfte sich nicht auch noch um mich kümmern müssen.

Eine stumme Vereinbarung: Wir durften einander nicht zur Last fallen.

Langsam ging ich die Treppe runter.

»Ist was passiert?«

Die Antwort fiel immer anders aus. Immer enttäuschend. Nie war etwas am Morgen so, wie ich es mir – wäre ich abends hoffend ins Bett gegangen – erträumt hätte. Meistens war irgendetwas schiefgelaufen. Oder – fast noch schlimmer – es war gar nichts passiert.

Diese Leere der Nacht, dieses Nichts, konnte alles bedeuten.

Niemals hatte ich Hunger, wenn ich mich an den Tisch in der Essecke setzte. Immer aß ich etwas. Was sollte ich auch sonst tun? Ich ging also zum Kühlschrank, schaute nach Milch. Fand Milch. Nahm die Milch heraus und suchte im Regal nach Müsli. Da war nichts. Das Müsli stand schon auf dem Tisch. Ich nahm mir eine Schüssel, schüttete Müsli in die Schüssel und Milch dazu und schaute in die Schale. Schaute hinaus auf die Elbe, dann auf das immer noch leere Haus meines Vaters. Schaute ins Wohnzimmer.

Schwenn las Zeitung. Meine Mutter machte Frühstück. Nickel und Vera beschäftigten sich mit technischen Geräten und lächelten mir zu.

Christian tippte mit seinem Finger auf den Tisch und an seine Tasse Kaffee.

Ich schaute wieder zur Schüssel. Das Müsli war etwas weicher als vorher. Ich tauchte meinen Löffel hinein, rührte in den Cornflakes, Fruity Loops oder was es war, aß ein bisschen davon und ließ es stehen. Ich schaute nach draußen, bis meine Mutter das Frühstück abräumte.

Ich ging wieder in mein Zimmer. Schaute mir meine Gitarre an, nahm ein *Donald-Duck*-Comic aus dem Regal und schlug es auf. Schlug es wieder zu, schmiss es auf den Boden und nahm die Gitarre in die Hand. Sie fühlte sich schwer an. Der Abstand der Saiten zum Griffbrett war weit. Ich überlegte, ob ich die Anstrengung wagen sollte, ihn mit dem Druck meiner Finger zu überwinden. Ich griff halbherzig ein paar Akkorde, schlug die Saiten an und summte leise.

»Do you have the time to listen to me whine
about nothing and everything all at once?
I am one of those melodramatic fools,
neurotic to the bone, no doubt about it.
Sometimes I give myself the creeps.
Sometimes my mind plays tricks on me.
It all keeps adding up.
I think I'm cracking up.
Am I just paranoid?
Am I just stoned?
I went to a shrink to analyze my dreams. She says it's
lack of sex that's bringing me down.

I went to a whore, he said my life's a bore.
So quit my whining cause it's bringing her down.
Sometimes I give myself the creeps.
Sometimes my mind plays tricks on me.
It all keeps adding up.
I think I'm cracking up.
Am I just paranoid?
Uh, yuh, yuh, ya.«

Klang scheiße.

Ich stand auf, öffnete meine Zimmertür und ging ins Badezimmer nebenan. Putzte mir die Zähne, spülte den Mund aus. Schaute für eine Sekunde in den Spiegel.

Wer war das? Ich sah aus wie immer und gleichzeitig irgendwie unheimlich.

Ich wollte die Augen schließen, traute mich aber nicht, aus Angst, mein Gegenüber könne eine Fratze ziehen und ich, sobald ich die Augen wieder öffnete, noch einen letzten Moment davon erhaschen, bevor das Spiegelbild mich wieder imitierte.

Ich wendete mich von mir ab, setzte mich vor die frei stehende Badewanne, streckte die Beine aus, klemmte meine Knie unter den Boden der Badewanne und ließ mich auf den Rücken fallen.

Ich kreuzte die Finger hinter meinem Hinterkopf, beugte die Ellenbogen nach vorn und spannte die Bauchmuskeln an.

1, 2, 3, 4, 5, 6, 7, 8, 9, 10. Pause.

1, 2, 3, 4, 5, 6, 7, 8, 9, 10, 11, 12, 13, 14, 15, 16, 17, 18, 19, 20. Pause.

1, 2, 3, 4, 5, 6, 7, 8, 9, 10. Pause.

1, 2, 3, 4, 5, 6, 7, 8, 9, 10, 11, 12, 13, 14, 15, 16, 17, 18, 19, 20. Pause.

Keuchend lag ich auf dem Boden. Mein Bauch schmerzte, mein Rücken schmerzte, meine Knie schmerzten.

1, 2, 3, 4, 5, 6, 7, 8, 9, 10. Pause.

1, 2, 3, 4, 5, 6, 7, 8, 9, 10, 11, 12, 13, 14, 15, 16, 17, 18, 19, 20. Pause.

1, 2, 3, 4, 5, 6, 7, 8, 9, 10.

100.

Langsam zog ich mich aus und stellte mich unter die Dusche.

Das Wasser lief an meinem tauben Körper herunter.

Nachdem ich mich angezogen hatte, ging ich wieder runter. Es war nichts passiert.

Tagsüber passierte eigentlich nie etwas. Die Polizisten, Christian und meine Mutter wussten natürlich, dass ich mich langweilte und dass diese Langeweile nicht die Langeweile war, die man einem Dreizehnjährigen für seine Entwicklung wünscht.

Ich machte mir unendliche Sorgen. Sorgen um meinen Vater, Sorgen um meine Mutter, Sorgen um die Schule und meine Freunde. Sorgen, dass ich niemals wieder aus dieser Situation entkommen würde. Sorgen, dass ich in der Schule zu viel verpasse und im Anschluss auch noch eine Klasse würde wiederholen müssen. Sorgen über den Anschluss. Und Sorgen über das Ende, das einen Anschluss markieren würde.

Sorgen, die mich aufregten. Sorgen, die mir Angst machten. Sorgen, die mich traurig, wütend oder nachdenklich machten. Sorgen, die immer ernst waren und mich ernst machten.

Sorgen, die mir sagten: »Lass dir nichts anmerken! Sonst bemitleiden sie dich, und dann wird alles nur noch schlimmer!«

Sorgen, Angst, Panik. Stopp! Unterdrückte Panik. Unterdrückte Angst. Was läuft eigentlich gerade im Fernsehen? Morgens läuft nichts. Vormittags läuft nichts.

Fährt vielleicht jemand einkaufen?

Benni und Franz, die bei jedem Telefonklingeln angefangen hatten zu bellen, waren bei Herrn Spann untergebracht. Einfach so rauszugehen war aber ohnehin schwierig. War Presse vor dem Haus? Journalisten im Auto? Im Hubschrauber? Ich hörte nichts. Ich schaute kurz aus dem Fenster in den Himmel. Nichts. Ich ging wieder in mein Zimmer und legte eine Ärzte-CD ein. *Nach uns die Sintflut.*

Legte mich mit dem Booklet aufs Bett und hörte mir die zweite CD an.

Skippte das eine oder andere Lied und sprach den letzten Track »Sprüche« mit. Von der ersten Sekunde bis zum Ende.

»Hallo! Wir sind die Ärzte aus Berlin. Aus Berlin! Und dann war da noch dieser dicke Mensch. Ungefragt kam er zum Ärzte-Konzert in Bonn. Stellte sich in die erste Reihe und verjagte durch seine natürliche Schwammigkeit alle anderen Leute, die dort stehen wollten. Neben ihm stand seine geliebte Hannelore. Und als wir ihn da so stehen sahen, und er kaute eine Brezel, da dachten wir: ›O. k., jetzt bist du dran, Helmut!‹ Und dann haben wir ganz ganz feige ein ganz gemeines Lied geschrieben. Und wir haben es ihm geschickt. Anonym natürlich. Er hat den Brief gekriegt und dachte ›Ich kenn keinen Anonym‹ und hat ihn gar nicht erst gelesen.«

Ich schaute an die Wand. Regal. Fenster. Schreibtisch. Wand. Ärzte-Poster. Nachttisch. Wecker.

9:45 Uhr.

Ich stand auf, ging wieder die Treppe hinunter und setzte mich aufs Sofa in den Wintergarten. Ich hörte den Gesprächen zu. Lösegeld. Double. Polizeipsychologin. Alles Gute, Ann-Kathrin. Volvo-Doublette. Peilsender. Trittbrettfahrer. Fangschaltung. Mopo-Anzeige. Lebensbeweis. Lebenszeichen. Persönlicher Kontakt. Geldübergabe. 20 Millionen. Rechtsanwalt Schwenn. Polizeiführer Daleki. Übergabemodalitäten. Stimmverzerrer. Mickey Mouse.

Ich schaute auf die Uhr. Es war 10:20 Uhr.

Joachim Kersten fing an, das Mittagessen vorzubereiten.

Ich hatte keinen Hunger.

Meine Freunde waren in der Schule. Anrufen konnte ich niemanden. Zumal das Telefon im Wohnzimmer ohnehin so kompliziert verschaltet war und mit so vielen Kabeln an diversen Maschinen getüdelt, dass ich es nicht zu berühren wagte.

Ich ging wieder hoch, setzte mich in die Kuhle des an beiden Seiten hochgefahrenen Betts meiner Eltern und schaltete den Fernseher ein.

ARD: *ZDF Info Gesundheit*. ZDF: *ZDF Info Gesundheit*. RTL: *Tele Boutique*, die Wiederholung von gestern. Sat 1: *Teleshop*. Pro 7: *M.A.S.H.* Tele 5: *Ruck Zuck*, die Wiederholung von gestern.

Ich schaltete den Fernseher wieder aus. Erst am Nachmittag kamen die *Duck Tales*, *MacGyver* oder *Batman*.

Ich ging in mein Zimmer und schaute auf meinen Wecker. 10:45 Uhr.

Ich nahm meine Gitarre in die Hand. Betrachtete sie. Drehte an den Knöpfen. Nahm das Stimmgerät. Alles perfekt in Stimmung. Immer noch. Ich legte die Gitarre in den Koffer und ging hinunter.

Unten angekommen, es war 11 Uhr, setzte ich mich zu Christian und meiner Mutter.

Die Unterhaltung verstummte für einen Moment. Ich versuchte, das Gespräch aufzugreifen, und wir sprachen ein paar Minuten miteinander.

Plötzlich klingelte das Telefon.

Wie ein Stromschlag, der uns alle durchfuhr, zuckten wir zusammen, Vera sprang auf, lief zum Telefon und nahm den Apparat in die Hand. Nickel machte zwei schnelle Schritte zu den Geräten und schaltete alles an. Die Bänder liefen. Die Geräte rauschten. Lämpchen in verschiedenen Farben leuchteten oder blinkten. Schwenn, schon aufgesprungen, ein Blick zu meiner Mutter, zu mir, zu Christian, lief zu Vera, der ihm den Apparat reichte.

Ausgemacht war: fünfmal klingeln lassen.

Es klingelte ein zweites Mal. Schwenn nahm den Apparat entgegen. Vera hielt ihm die Anweisungen für den Fall eines Täterkontakts via Telefon entgegen.

Lebensbeweis. Übergabemodalitäten. Freundlich bleiben. Nachfragen.

Nickel, ein Knie auf dem Boden, das andere fast unterm Kinn, kauerte vor den Maschinen mit einem Kopfhörer über den Ohren. Er schaute zu Schwenn. Das Telefon klingelte ein weiteres Mal. Nickel zeigte mit dem Finger auf Schwenn, als wollte er ihn abschießen. Das Telefon klingelte ein viertes Mal. Ich hielt die Luft an.

Meine Mutter schaute besorgt mit ernster Miene zu Schwenn. Dann zu mir. Nickel drückte ab.

Schwenn drückte auf die Taste mit dem grünen Hörer. Das Telefon ans Ohr gepresst.

Ich stellte die Füße auf die Bank, umschlang meine Knie, zog meine Knie zum Kinn.

Im Wohnzimmer Totenstille. Nur das gleichmäßige Geräusch der arbeitenden Maschinen und der Luft, die ruhig und übermäßig kontrolliert aus Nasen und Mündern entwich, wenn sie nicht noch angehalten wurde.

»Bei Scheerer«, meldete sich Schwenn.

Stille. Eine Stimme war am anderen Ende der Leitung zu hören, aber was sie sagte, war für uns im Wohnzimmer nicht zu verstehen.

Die Spannung wich aus Nickels Körper, er zog die Kopfhörer von einem Ohr.

Schwenn wieder: »Hallo, Niklas, nee du, Johann ist immer noch krank. Kann er dich später zurückrufen?«

Nickel schaltete die Maschinen aus.

»Ja, die Hausaufgaben. Er ruft dich gleich zurück.«

Schwenn legte auf.

Die gesamte Luft schien aus dem Raum zu entweichen.

Wie nach einem 100-Meter-Lauf lehnten wir uns alle zurück.

Es war 11:15 Uhr, und anscheinend hatten meine Freunde heute früher Schluss.

Am Dienstag nach Ostern sollte ich von meiner Mutter und Christian zu Friedrich gefahren werden.

Da irgendjemand gerade mit Christians Auto unterwegs war, beschloss er, das Auto meines Vaters zu holen, kam aber nach einigen Minuten aufgebracht wieder zurück.

»Das Auto springt nicht an!«, rief er in den Raum. Vera sprang auf und lief mit ihm nach draußen.

Meine Mutter und ich sahen uns erschrocken an. Was war los? Wie konnte es sein, dass das wichtigste Fahrzeug, das Auto, mit dem der Gegenwert meines Vaters in Sekundenschnelle transportiert werden musste, nicht funktionierte?

Kurze Zeit später stellte sich heraus, dass die Technik, mit der der Volvo meines Vaters vollgestopft war, die Batterie über Nacht leer gesaugt hatte. Die Polizei hatte vergessen, das Auto regelmäßig zu bewegen. Herr Meyer, einer der Polizisten im Haus, der kam, wenn Vera oder Nickel Verstärkung anforderten, war nun in heller Aufregung.

»Ich kümmere mich sofort darum. Das wird nicht wieder passieren! Ich überbrücke das Fahrzeug und fahre eine halbe Stunde. Dann ist die Batterie wieder voll. Frau Scheerer, wenn ich wieder da bin, dann repariere ich Ihre Badezimmertür. Das wollte ich doch schon die letzten Tage erledigen. Die klemmt doch, sagten Sie?«

Meine Mutter verzog das Gesicht und ließ die Polizei die nun notwendigen Dinge tun.

Sie, Christian und ich stiegen ohne weitere Worte in Nickels Wagen und fuhren zu Friedrich.

Als ich sein Zimmer betrat und mich neben ihn setzte, begann mein Körper zu kribbeln.

Ich saß neben einem Freund in einem Raum am gleichen Tisch. Unsere Ellenbogen berührten sich, und sein Mund bewegte sich in einem fort.

Doch sagte er tatsächlich Dinge in meiner Sprache?

Ich verstand zwar die Zusammenhänge einigermaßen, aber dennoch schien mir alles so fremd.

Mathematische Gleichungen und Lateinvokabeln verblassten wie ein Stern gegenüber dem Universum, das sich nach einem großen Knall um mich herum gebildet hatte.

Vieles galt es für mich zu verstehen und zu erforschen. Aber Schule?

So unwichtig. So nebensächlich. So verrückt.

Wie konnte er nur so unglaublich detailverliebt und nahezu pedantisch aufzählen, was wir in den letzten Tagen in der Schule gelernt hatten? Es schien, dass Friedrich mit jedem Strich seines Bleistifts nicht nur das Graphit, sondern auch meine Aufmerksamkeit abnutzte. Meine Ungeduld nahm sekündlich zu. Mein Herz schlug schneller. Bei jedem Punkt, den er in das Papier bohrte, bei jeder Formel, die er erklärte, beschleunigten meine Gedanken in eine andere Richtung und rasten mit Lichtgeschwindigkeit zurück in mein Universum, von dem Friedrich keine Ahnung hatte.

Die Linien, die er malte, die Buchstaben, die er schrieb und auf die er deutete, verzogen sich zu langen Linien.

Wie die leuchtenden Sternpunkte beim Wechsel zur Lichtgeschwindigkeit schienen die Zeichen auf dem Papier und in meinem Kopf nur in eine Richtung zu deuten: nach Hause.

Was ich mir als eine angenehme Abwechslung erhofft hatte, eine zwar nötige, denn ich hatte ja Angst, etwas zu verpassen, aber dennoch willkommene Pause von der dumpfen Angst daheim, wuchs sich nun zu einer Qual aus. Der Schulstoff drückte mich in den Schreibtischstuhl von Friedrichs Mutter, den sie für mich in sein Zimmer gerollt hatte. Die Panik der Ungewissheit zerrte an mir, ließ mich immer ungeduldiger werden. Halt doch einfach endlich die Schnauze!

»Bist du eigentlich wirklich noch krank?«

Für einen kurzen Moment durchbrach Friedrich mit diesem Satz das schwarze Loch zwischen uns, das seine Galaxie von der meinen trennte. Mein Körper saß im Stuhl.

Ich bewegte keinen Muskel. Dachte noch nicht mal richtig nach.

Nur mein Mund öffnete sich.

»Ja ... sehr.«

Um 13 Uhr klingelten Bewohner meines Planeten an der Tür, und ich verschwand in der Stille des Autos, das auf dem Weg war in eine weit, weit entfernte Galaxie, in der zu diesem Zeitpunkt ein Gespräch zwischen Christian Schneider und Vera stattfand. Wer würde meine Mutter und mich über den bevorstehenden Tod meines Vaters informieren?

Durch ein anhaltendes, schrilles Geräusch aus dem Wohnzimmer wurde ich aus meinem dumpfen Schlaf geweckt.

Langsam richtete ich mich auf und tastete mich die Stufen hinunter. Meine Mutter war ebenfalls wach geworden und betrat gemeinsam mit mir das Wohnzimmer. Schwenn und die Polizisten stritten sich, da das Faxgerät ein ständiges Piepsen verursachte und Schwenn so um seinen Schlaf gebracht wurde. Als sich herausstellte, dass es deshalb lärmte, weil die Polizeistelle konstant versuchte, einen abgefangenen Brief der Entführer zu uns durchzufaxen, wurde die Stimmung für alle anderen und auch für mich unerträglich.

Was, wenn der Brief wieder eine einzuhaltende Zeitspanne beinhaltete, die nun durch diesen technischen Defekt nicht mehr zu schaffen war? Auch meine Mutter wurde sauer.

Ich verkroch mich in die Essecke und schaute aus dem Fenster.

Seit über zwei Wochen war dies nun unser Leben. Binnen kürzester Zeit waren fremde Personen zu meinen engsten Vertrauten geworden, war mein Vater so unerträglich weit weg und doch so nah. Piepste sich da gerade ein Lebenszeichen mühsam durch den defekten Fax-Kanal?

Es war eine Geldübergabe gescheitert und mein Vater vermutlich tot. Das Faxgerät hatte kein Papier mehr, wir keine Reserven, und irgendwo lag ein Brief mit Neuigkeiten.

Jemand wurschtelte am Faxgerät. Endlich ertönte ein Surren, und das Fax spuckte den langen, dünnen Papierstreifen aus. Wie eine schlappe Schlange kroch er aus dem Gerät.

Nickel las den Brief, eine zweite Version kam aus dem Fax. Er reichte das Papier an meine Mutter weiter.

Der Brief ließ uns wissen, dass eine weitere Übergabe per Flugzeug erfolgen sollte.

SOLANGE WIR DER MEINUNG SIND DAß SIE MIT DER
POLIZEI ZUSAMMENARBEITEN HERR SCHWENN WIRD ES
NOCH LANGE DAUERN BIS DIESE SACHE ENDET
WIR HABEN SEHR VIEL ZEIT
SIE SOLLTEN SICH ÜBERLEGEN WESSEN INTERESSEN SIE
VERTRETEN
DA WIR AUCH DEN 2. ÜBERGABEVERSUCH WEGEN
POLIZEIPRÄSENZ ABBRECHEN MUSSTEN WIRD ES
KEINEN WEITEREN VERSUCH IM RAUM HAMBURG
GEBEN
ALL DIES ZÖGERT DIE LEIDEN IHRES MANDANTEN
UNNÖTIG HINAUS
WIR HABEN AUCH KEIN INTERESSE WEITER MIT DEM
POLIZEIPSYCHOLOGEN AM TELEFON ZU SPRECHEN
BESORGEN SIE SICH EIN HANDY IN IHREM BEKANNTEN-
KREIS UND TEILEN SIE UNS DIE NUMMER BEIM NÄCHSTEN
KONTAKT AM MITTWOCH MIT
WIR WERDEN SIE DANN AN EIN NEUTRALES TELEFON
LOTSEN (NACH 21 UHR)

MIETEN SIE DARÜBER HINAUS EIN EINMOTORIGES FLUG-
ZEUG (CESSNA) GEEIGNET ZUM ABWURF DES GELDES
VERPACKEN SIE DAS GELD ENTSPRECHEND DAS FLUGZEUG
SOLL DONNERSTAG UND FREITAG AB 1800 BEREITSTEHEN
VÜR FLUG IN 1000 BIS 1500 FUß DIE FLUGDATEN WERDEN
WIR IHNEN VOR DEM BZW. WÄHREND DES FLUGES ÜBER
DAS HANDY MITTEILEN
DIES WIRD FÜR LANGE ZEIT DER LETZTE VERSUCH SEIN
SCHLÄGT AUCH DIESER VERSUCH FEHL ERHÖHT SICH DIE
LÖSEGELDFORDERUNG UM 10 MILLIONEN MARK SOLLTEN
WIR EINSEHEN MÜSSEN DAß ES ZU RISKANT IST DAS GELD
ZU ÜBERNEHMEN WERDEN WIR HERRN REEMTSMA TÖTEN
ÜBERLEGEN SIE SICH GENAU WAS SIE TUN WERDEN

DAS FLUGZEUG MUß EINE REICHWEITE VON
800–1000 KM HABEN UND EINE REISEGESCHWINDIGKEIT
VON 200 KM/H ÜBER BODEN HALTEN KÖNNEN

Also noch zwei weitere Tage. Das war das Einzige, was in
meinem Kopf widerhallte.

Mein Magen zog sich zusammen. Ich hielt die Tränen
zurück. Dass in dem Brief stand, dass sich das Lösegeld im
Fall einer missglückten Übergabe um 10 Millionen erhö-
hen würde und sie meinen Vater töten würden, falls sie
dachten, dass es zu riskant sei, das Geld zu übernehmen,
ließ mich kalt.

Das Geld war ein unförmiger Haufen Papier in einer
Sporttasche unter der Bank in der Essecke, und mit der
Ermordung meines Vaters konfrontiert zu werden gehörte
seit zweieinhalb Wochen zu meinem Alltag.

Aber ich wusste nicht, wie ich weitere zwei Tage überstehen sollte.

Dann reichte mir jemand ein dünnes Stück Faxpapier. Ich nahm es entgegen, erkannte die Schrift meines Vaters und hörte irgendwo jemanden mit mir sprechen.

Es war ein langer handschriftlicher Brief.

Lieber Johann,
ich hoffe, ich bin bald wieder bei Euch – ich würde Dich und Kathrin unendlich gerne wieder in den Arm nehmen und sehne mich nach unserem schönen, langweiligen Alltag!
Für die fernere Zukunft habe ich mir ausgedacht: Wollen wir zusammen nach Deinem Abitur eine lange Weltreise machen? Ich schlage folgende Reiseroute vor (kannst sie auf dem Atlas nachsehen):
Hamburg, Warschau, Krakau, Prag, Budapest, Wien, Florenz, Rom, Neapel, Athen, Delphi, Olympia, Ägäische Inseln (Pause), Istanbul, Ankara, Bagdad, Riad, Jerusalem/ Tel Aviv, Kairo, Addis Abeba, Nairobi, Harare, Madagaskar, Seychellen (Pause), Ceylon, Bombay, Kalkutta, Delhi, Nepal, Taschkent, Mongolei, Nordchina, Japan, Taiwan, Südchina, Vietnam, Thailand, Singapur, Neu Guinea, Australien (Darwin, Perth, Tasmanien), Neuseeland, (Pause), Alaska, Vancouver, Quebec, New York, Niagarafälle, St. Louis, Salt Lake City, San Francisco, Mexico, Guatemala, Kariben (Pause), Peru, Brasilien, Argentinien, Feuerland, Antarktis, Tristan da Cunha, Südafrika, Kongo, Marokko, Spanien, Paris, London, Edinburgh, Faröer, Norwegen, Finnland, Moskau, St. Petersburg, Stockholm, Kopenhagen, Hamburg

Dann hätte man doch so einiges von der Welt gesehen.
Du siehst, ich habe Zeit, mir so was auszudenken.
Bis bald, ich umarme Dich,
Dein Vater F.

Ich las den Brief, überflog die Stationen, versuchte mir kurz vorzustellen, wo genau diese Städte und Länder lagen, und resignierte schnell. Ich hatte nicht die Kraft aufzustehen, den Atlas zu suchen und die Reise nachzuvollziehen.

Welche Vorstellung hatte mein Vater? Dass ich die Geduld hatte, mit dem Finger auf dem Atlas die Reiseroute nachzufahren? Dass es eine schöne Situation sei, mich mit Geografie zu beschäftigen, während er nicht in der Lage dazu war, die Route nachzufahren, weil ihm der entsprechende Finger mittlerweile abgeschnitten worden war?

Alle im Haus waren geschockt. Es wurde lange gar nichts gesprochen. Ich las den Brief ein zweites Mal.

Gleich würde es wieder losgehen, und die Polizisten würden Fragen stellen und beratschlagen, ob wir es mit einem versteckten Hinweis zu tun hätten. Der Brief an mich bot genügend Anlass für Spekulationen. Warum hatte er Berlin in seiner Aufzählung nicht erwähnt? Wurde er in Berlin gefangen gehalten? Waren es Verbrecher aus dem Ostblock?

Langsam begannen die Gespräche im Raum. Der Brief an mich bewegte alle zu der Einschätzung, dass zum jetzigen Zeitpunkt zumindest keine Gefahr für einen Selbstmord bestand, da der Inhalt sehr zukunftsorientiert sei. Doch was für eine Zukunft war das eigentlich? Ich hielt diese Theorie sofort für eine typische Polizeiidee. Zukunftsorientiert?

Meinten sie einfach hoffnungsvoll? Oder träumerisch?

Trotzdem waren die meisten im Raum zumindest verblüfft über die ausführliche Auflistung der Stationen der erdachten Weltreise. Ich bekam mit, dass sich die Polizisten nicht einig waren, ob dies nicht auch ein Zeichen dafür sein könnte, dass mein Vater zwischenzeitlich verrückt geworden war.

Wenigstens das konnte ich verneinen. Mein Vater war einfach so. Es hätte mich kaum gewundert, hätte er mir in einem Post Skriptum die Aufgabe gestellt, die entsprechenden Länder zu den Städten sowie die Hauptstädte der aufgezählten Länder auswendig zu lernen, falls mir langweilig werden sollte.

Nein, er war nicht verrückt.

Er nutzte bloß die Zeit.

Spiel doch mal was.

Schon als Kind kam es mir vor, als habe er die Gabe, mit einer stoischen Ruhe auch Situationen zu meistern, in denen andere wahrscheinlich Panik bekommen hätten.

Ich sah auf den Brief, auf meine Hände, die ganz ruhig waren. Auf meine Arme.

Ich sah die fünf Zentimeter lange Narbe an meinem rechten Unterarm und dachte an meinen Vater.

Vor nicht allzu langer Zeit war ich in seinem Garten auf einen Baum geklettert und abgerutscht. Ich schaffte es nicht, mich festzuhalten, und als ich meine Hand im Fall nach oben streckte, riss ich mir den Unterarm an einem Ast auf.

Unsanft und kaum gebremst durch den Riss des Astes an meiner Unterarmhaut, landete ich auf dem Rücken im Gras.

Ich rappelte mich auf und lief schreiend und weinend mit blutendem Arm zu meinem Vater ins Haus.

Er sah mich, war mir schon von seinem Schreibtisch aus die Stufen herab entgegengelaufen, und blickte auf meine

Wunde. Er nahm mich fest in den Arm, setzte mich ohne ein Wort auf den Küchentresen und holte von irgendwo einen großen Kasten mit Hansaplast-Pflastern. Er schnitt bei mindestens fünf Pflastern die Klebestreifen mit einer Nagelschere ab und nutzte sie, um die weichen Reste zu einem improvisierten Druckverband zusammenzukleben.

Mit wenigen Handgriffen hatte er aus fünf bis zehn kleinen Pflastern einen Verband gebastelt, der die relativ große blutende Wunde verdeckte und meinen Schreck verklingen ließ.

Erst sah er mir in die Augen, dann lächelte er und drückte seine Hand fest auf meinen Arm.

Der Schmerz war gelindert, und ich hatte gelernt, wie hilfreich es sein kann, nicht in Panik zu geraten.

Ich blieb ruhig. Die Gewissheit, dass mein Vater weiterhin einen klaren Kopf bewahrte, beruhigte mich.

Nein, er war nicht verrückt geworden. Er war einfach so.

Während ich den Brief in meinen Händen hielt und nicht wusste, was ich damit machen sollte, wuchs die Spannung im Haus. Menschen fingen an sich anzuschreien, wer dafür zuständig sei, das Frühstück zu machen.

Durfte ich den Brief eigentlich behalten?

Die Stimmung kippte. Alle gingen auf dem Zahnfleisch. Wo war eigentlich das Original des Briefs? Irgendwo in der Mitte eines runden Tisches? Beim Krisenstab? Unter Neonleuchten? Ging er von Hand zu Hand? Wurden die Zigaretten dafür zur Seite gelegt und Handschuhe übergestreift? Ich ließ den Brief auf dem Tisch liegen und ging in mein Zimmer. Die Menschen unten stritten weiter.

Ich wusste nicht warum, denn ich kannte den genauen Wortlaut des Briefs der Entführer nicht. Sie waren offenbar der Meinung, dass bei dem letzten Telefonat eine zweite Geldübergabe vereinbart werden sollte. Niemand auf unserer Seite des Telefons hatte dies verstehen können. Wir waren einfach alle unwissend zu Hause geblieben, während die Entführer auf uns gewartet hatten.

Ich schloss die Tür. Hunger hatte ich sowieso keinen, egal, wer das Frühstück zubereitete.

Mein Vater hatte einen weiteren handschriftlichen Brief an meine Mutter geschrieben. Er nannte Johann Schwenn in diesem Brief auch bei seinem zweiten Vornamen Gerhard, um eine Verwechselung mit mir auszuschließen.

Darin stand, dass er nicht mehr konnte. Er sei angekettet in einem abgeschlossenen Raum.

Drei Schritte vor, drei zurück. Er kam auf 18 000 Schritte. Ich verstand es nicht. Sein Herz, schrieb er, krampfe sich zusammen, wenn er täglich die *Chronik*-Daten nachschlage.

Meines zog sich zusammen, wenn ich nur kurz daran dachte, dass ich es noch nie – vielleicht nur einmal halbherzig – getan hatte.

Was war ich bloß für eine Unterstützung? Ich hatte unendlich viel Zeit und konnte trotzdem nichts tun.

Hoffentlich, sollte mein Vater überleben, würde ich es irgendwie schaffen, ihm niemals davon zu erzählen, dass ich seine Verabredung kein einziges Mal eingehalten hatte.

Habe ich es ihm jemals erzählt?

Ich könnte es mir nie verzeihen und es ihm niemals erklären.

In zu unterschiedlichen Welten hielten wir uns auf. Beide verdammt zum Nichtstun. Hilflos und gelähmt.

Liebe Kathrin, lieber Gerhard,
Besprecht diesen Brief bitte zunächst persönlich, bevor Ihr
ihn mit anderen (wem auch immer, und falls überhaupt
nötig) besprecht. Ich schreibe diesen Brief nicht auf Anwei-
sung – das kann ich nicht beweisen, trotzdem ist es so.

Liebe Kathrin, ich bin heute Abend 14 Tage hier, und nichts
als gescheiterte Versuche von Kontaktaufnahme und Geld-
übergabe. 14 Tage bin ich nun in einem abgeschlossenen
Raum angekettet (ein Detail, das ich Euch zur Bewahrung
der wechselseitigen Contenance verschwiegen hatte – die
18 000 Schritte waren 3 vor, 3 zurück) und nur froh, daß
ich noch lebe.
An Euch zu denken fällt mir unendlich schwer, und wenn
ich täglich um 17 h die »Chronik«-Daten nachschlage,
krampft sich mir mein Herz zusammen. Ich liebe Euch –
holt mich bald heraus, d.h. nicht irgendwann, sondern in
den nächsten Tagen, ich bitte Euch!

Liebe Kathrin, lieber Gerhard – jede Verzögerung poten-
ziert sich, ohne daß mit der gewonnenen Zeit mehr
erreicht wäre, als daß meine persönlichen Reserven weiter
abgebaut werden (und die, die mich hierhergebracht
haben, spürbar verärgerter werden). Wie ich informiert
wurde, war das Areal des 1. Übergabeversuchs polizeilich
überwacht – sie haben es bemerkt. Beim Telephonanruf
von Sonnabend abend oder nacht war der Polizist am
Telephon wohl leicht auszumachen (durch dreimaliges
Wiederholen der Namen »Ingrid« und »Dührsen«, die Dir,
Gerhard, ja keine Schwierigkeiten gemacht hätten) –, was
mir signalisiert, daß meine Entführer professioneller
agieren als die Polizei. Das Resultat ist, daß es Dienstag
werden wird, ehe Ihr diesen Brief überhaupt bekommt.

*Dann der nächste Check, die nächste Verabredung ... ich
bitte euch, laßt das das letzte Mal sein! Wenn es nach
bekanntem Muster weitergeht, kann es noch Wochen
dauern. Ob sich meine Situation dann verschlechtert, weiß
ich nicht, es kann sehr wohl sein – aber auch ein bloßer
Fortgang wäre unerträglich. Jede weitere Verzögerung
potenziert sich, wie gesagt, weil sich die Sicherungschecks
natürlich auch potenzieren. Von Euch, nur von Euch hängt
es ab, ob die nächste Übergabe noch in dieser Woche
geschehen kann, und ob sie klappt – d. h. ohne Polizeitaktik durchgeführt wird. Wenn es wieder schiefgeht, kann es
unabsehbar lange dauern, und ich will, pardon: <u>kann</u>
nicht mehr!*

*Lieber Gerhard – Du bist mein Anwalt. Ich weise dich
hiermit an, die Geldübergabe ohne Polizei unverzüglich in
die Wege zu leiten.*

*Liebe Kathrin – bitte tu desgleichen. Ich kann nichts weiter
tun als schreiben. Da draußen ist es Deine Entscheidung
die letztlich zählt, und es ist an Gerhard, das gegenüber
der Polizei durchzusetzen. Ich will, ich muß hier raus! Bitte
Kathrin – für Johann, für Dich und für mich! Glaube mir,
keine weitere Verzögerung kann die Sicherheit bringen, die
man in solchen Fällen so gerne hätte – im Gegenteil!
Kathrin, nimm Johann in den Arm von mir (ich vermisse
euch unendlich).*
Euer Jan Philipp

Am späten Abend, ich schlief bereits, klingelte wieder das
Telefon.

Diesmal nahm meine Mutter ab.

Die Entführer verlangten, dass meine Mutter und

Schwenn gemeinsam zum Hotel Atlantic fahren sollten, um dort an der Rezeption eine von Schwenns Visitenkarten zu hinterlegen. Von der geforderten und bereitgestellten Cessna in Fuhlsbüttel war keine Rede mehr. Eine Stunde später erhielt Schwenn im Hotel Atlantic einen Anruf, während meine Mutter im Auto wartete.

Der Anrufer teilte ihm mit, dass er in fünf bis zehn Minuten einen weiteren Anruf im gegenüberliegenden Hotel Ibis erhalten würde.

Bei dem zehnminütigen Telefonat wurde deutlich, dass in dieser Nacht nichts mehr passieren werde. Frustriert fuhren Schwenn und meine Mutter kurz nach Mitternacht wieder nach Hause.

Ich wusste natürlich, dass irgendetwas passieren sollte.

Dennoch war ich schlafen gegangen, hatte nur ein paar Worte mit meiner Mutter gewechselt. Ich merkte, wie schlecht es ihr ging. Gemeinsam konnten wir uns etwas beruhigen. Ich erzählte ihr über unterschiedliche Verstärker und Gitarren und verdrängte somit die Hoffnung, irgendetwas könnte sich an unserer Situation ändern.

Nun waren also sechs Tage vergangen, seitdem ich die Gitarre von No. 1 bekommen hatte.

Das edle Stück zu Hause zu haben hellte meine Stimmung zwar punktuell auf, leider war eine halbakustische Gibson 335 aber eben zur Hälfte akustisch und auch nur zu einer Hälfte elektrisch, was mein Verlangen nach ohrenbetäubendem Lärm, abseits der rauschenden Abwesenheit meines Vaters, nicht befriedigen konnte.

In Gedanken sah ich mich schon wie Marty McFly, mit dem Plektrum in der Hand, einer Wand aus Verstärkern gegenüberstehen, um mit dem Anschlag nur eines Akkords das gesamte Haus, und somit auch mich aus der Situation, in der wir alle uns befanden, per Schalldruck herauszuschleudern.

Die andauernden Besuche bei No. 1 mit Christian und der fortwährende Aufenthalt in den Kabinen umgeben von Verstärkern aller Art ließen die Überzeugung reifen, dass ich zu der roten 335 einen *Marshall JTM 60*-Röhren-Combo-Amp benötigte.

Meiner Mutter hatte ich natürlich davon erzählt: Es gäbe kaum besseres und logischeres Beiwerk zu meiner Gitarre als eben diesen Röhrenverstärker. *Marshall JTM 60*. Schon der Klang dieser Worte war Musik in meinen Ohren.

Ich wünschte mir im Grunde nichts anderes in diesen

Tagen, denn mir die Rückkehr meines Vaters zu wünschen gestattete ich mir nicht. Echte Hoffnung, ihn lebend wiederzusehen, hatte ich nie gehabt, und dem stetigen Aufruhr im Haus Beachtung zu schenken, indem ich mich in Überlegungen, Vorstellungen und Wünsche einklinkte, ließ ich aus Gründen des Selbstschutzes sein.

Keine Hoffnung – keine Enttäuschung.

Der JTM 60 gäbe mir die Gelegenheit, diese Art der psychischen Abgrenzung noch zu verstärken, mir eine Art Mondgestirn zu gestalten, in dem ich aus sicherer Entfernung zum Mutterplaneten das Schalten und Walten betrachten könnte.

Die Widerstandskräfte meiner Mutter waren verständlicherweise nicht mehr vorhanden, und somit erklärte sie sich bereit, in Begleitung ihres Bruders Sebastian ein weiteres Mal mit mir zu No. 1 zu fahren.

Wir waren zu dritt. Christian war am Vorabend abgereist, weil seine Frau Cordelia sich eine Schleimbeutelentzündung in der Schulter zugezogen hatte und unter schrecklichen Schmerzen litt. Ich nahm Christians Fortgang, unter schmunzelnder Beachtung der Umstände, mit Fassung auf.

Schleimbeutelentzündung? Ich vermisste ihn sofort. Allerdings dachte ich, ein Röhrenverstärker könne den Schmerz vielleicht ein wenig übertönen.

Auf dem Rücksitz des Autos erinnerte ich mich an den Abend zuvor.

Es war der zweite Abend nach der Kommunikation zwischen Schwenn und den Entführern im Ibis Hotel. Zwei endlos lange Tage des Wartens, des Nichtstuns waren verstrichen. Wir waren alle mit den Nerven völlig am Ende. Ich hatte das Gefühl, dass meine Mutter jedes Mal, wenn ich sie ansah, wie sie in der Küche oder im Wohnzimmer saß, ein kleines bisschen mehr in die Kissen eines Sofas rutschte. Sie schien sich manchmal kaum noch aufrecht halten zu können.

Anders an diesem Abend. Der zerrende Terror des Zum-Warten-verdammt-Seins hatte in der ganzen Gruppe eine Art Lagerkoller ausgelöst. Wir wurden albern und saßen in großer Runde im Wintergarten und erzählten, angestachelt von Cordelias Schleimbeutelentzündung, unsere eigenen Leidensgeschichten.

Ich hatte die Unterhaltungen der Erwachsenen bislang, wenn überhaupt, nur aus der Ferne gehört oder beobachtet. Mal von der oberen Treppenstufe aus, mal aus sicherer Entfernung aus der Essecke im Wohnzimmer. Mal saß ich dabei und schwieg, doch meistens war ich vertieft in die Abenteuer von anderen. Rocky, Rambo, Indiana Jones, Han Solo. Männer, die die Dinge in die Hand nahmen, lösten und dabei lächelten.

Ganz anders die Geschichten an diesem Abend.

Vera berichtete von Arthrose im Knie. Ich wusste von einer früheren Erzählung, dass er Monate damit verbracht hatte, den Erpresser Dagobert zu jagen, um ihn dann irgendwann tatsächlich zu Fuß zu verfolgen. Hatte er damals nicht erzählt, dass er ausgerutscht sei und Dagobert so entwischen konnte? War diese Arthrose gar Teil einer großen Kriminalgeschichte? Er lachte über sich selbst, und alle anderen konnten sich vor Lachen ebenfalls kaum halten.

Nickel berichtete von Magenschmerzen, Joachim Kersten tat der Rücken weh, und Sebastian berichtete von seiner Angst, dass ihm beim täglichen Die-Beine-auf-den-Tisch-Legen, während er im Büro las, irgendwann die Knie in die falsche Richtung abknicken würden.

Er hatte, während er sprach, Tränen in den Augen, so sehr amüsierte ihn seine eigene Geschichte. Joachim Kersten lachte schallend auf, als er von dieser »beschaulichen Befürchtung«, wie er sie nannte, hörte, und brachte uns damit alle noch mehr zum Lachen.

Zwangsläufig kam das Thema auf Cordelias Schleimbeutel, und nun konnten wir uns alle kaum noch auf den Stühlen halten. Ich rief in die Runde, ich würde ab sofort eine Schleimbeutelkasse einrichten und jedem, der das Wort Schleimbeutel noch mal erwähnte, zehn Pfennig abnehmen.

Als der Abend zu Ende ging, hing die ganze Runde schlapp auf den Stühlen und Sesseln.

Ich hatte 1,70 DM verdient.

Plötzlich, wir waren gerade mal fünf Minuten unterwegs, klingelte das extra angeschaffte Handy meiner Mutter. Es habe einen »Täterkontakt« gegeben.

Meine Mutter richtete sich blitzartig hinter dem Steuer auf, drückte den Rücken durch und wendete so rasant, dass ich meinen Oberkörper mit einer Hand auf dem Sitz neben mir abstützen musste, um nicht über die Rückbank geschleudert zu werden.

Sebastian schloss das Fenster, und wir rasten nach Hause.

Vielleicht hatten mich die Helden meiner Filme ermutigt. Vielleicht versuchte ich nur, die Angst zu überspielen. Nichts anderes tat vermutlich Han Solo, wenn er coole Sprüche klopfend durch den Millennium Falcon rannte. Auf jeden Fall schloss ich die Augen und sagte: »Irgendwie wusste ich, dass das mit dem Verstärker heute nichts mehr wird.«

Meine Mutter blickte kurz in den Rückspiegel und ich schnell aus dem Fenster. Meine Äußerung war mir sofort peinlich. Wie unangemessen.

Als wir nach knappen zwei Minuten mit quietschenden Reifen zu Hause eintrafen, erfuhren wir, dass sich die »rheinische Schwuchtel« wieder per Telefon gemeldet hatte. Diesmal auf Schwenns Handy.

Es war ein gutes Gefühl, diese Formulierung wieder von Schwenn zu hören. Jede vulgäre Beschimpfung und vermeintlich souveräne Äußerung ließ mich für ein paar Sekunden vergessen, dass das alles hier wirklich passierte.

Schwenn lief aufgeregt durch die Wohnung. Da der Anruf auf seinem Handy eingegangen war, hatte niemand die Seite der Entführer mithören können, und somit wurde Schwenn von allen Seiten ununterbrochen befragt.

Gab es einen Lebensbeweis? Was sollte geschehen?

Schwenn fühlte sich wohl in seiner Rolle. Er stand, rannte dann förmlich durch das Haus, stand immer wieder im Mittelpunkt, flankiert von den Polizisten, die mit Stift und Zettel zu notieren versuchten, was er vom Telefonat rekapitulierte.

Ich merkte, wie aufgewühlt er war. Gleichzeitig versuchte er aber, eine professionelle Contenance zu bewahren. Das Resultat war eine Art Slapstick, und auch das beruhigte mich irgendwie.

Im Telefonat waren die Details der kommenden Übergabemodalitäten erklärt worden.

Schwenn sollte mit seinem Citroën nach Luxemburg fahren und ins Sheraton Hotel einchecken. Ab 24 Uhr müsse er sich dort bereithalten. Über sein Handy würden sie sich wieder melden.

Er packte alles zusammen und sollte in Begleitung einer

Polizistin, die er als seine Assistentin ausgab und die ihn beim Fahren ablösen würde, zwei Stunden später abfahren.

Als um kurz nach 13 Uhr sein Citroën immer noch nicht vor der Tür stand, wurden alle unruhig. Würde sich die Abfahrt wieder verzögern? War auf die Polizei überhaupt kein Verlass?

Die vergangenen zwei Tage und drei Nächte, die uns alle fast wahnsinnig gemacht hatten, schienen sich in diesen Minuten des Wartens zu bündeln, und wir waren zum Bersten angespannt.

Meine Mutter, die mittlerweile ebenfalls nervös zwischen Wohnzimmer und Haustür herumlief, fragte Vera immer wieder nach dem Grund der Verspätung. Auch Schwenn wurde sauer.

Ich bekam Angst.

Eben noch war meine Mutter in rasendem Tempo mit mir auf dem Rücksitz durch die Straßen geflitzt, um rechtzeitig wieder hier zu sein, und nun warteten wir Minute um Minute auf … Ja, auf was eigentlich? Wieso kam dieses Scheiß-Auto schon wieder nicht?

Vera telefonierte und erklärte anschließend, dass es Probleme mit dem GPS gegeben habe und der Citroën jede Minute hier eintreffen würde.

Schwenn war gleich ruhiger. Meine Mutter schaute kurz zu mir, wurde immer ernster und sagte nichts. Ich hatte das Gefühl, dass sie Vera nicht glaubte.

Die Spannung steigerte sich ins Unerträgliche. Es fehlte nicht viel, und alle hätten einander angeschrien. Um 13:18 Uhr hatte Schwenn abfahren sollen. Nun war es 13:40 Uhr.

Meine Mutter schaute immer wieder auf die Uhr an der Wand im Wohnzimmer. Ich hörte den Zeiger langsam ticken. Die sogenannte Testfahrt, schoss es mir in den Kopf, war kein Test gewesen. Es hätte der erste Versuch einer Geldübergabe sein sollen, der gescheitert war. So, wie diese Übergabe nun auch durch Fehler, durch Unzuverlässigkeit der Polizei scheitern würde.

Endlich fuhr ein Auto vor.

Wir rannten nach draußen.

Schwenn öffnete die Tür seines Citroëns und erstarrte. Im Auto saß eine fremde Frau.

Wir alle und vor allem Schwenn hatten mit einem bekannten Gesicht gerechnet, »Anke«, eine Polizistin, die immer mal wieder im Haus war und die Schwenn bereits kannte. Sie sollte ihn bei der langen Fahrt unterstützen und war ihm von der Polizei aufgedrängt worden.

Wer war diese fremde Person?

Die Spannung der letzten Tage und der vergangenen zweieinhalb Stunden entlud sich.

Schwenn schrie die Frau an, sie solle gefälligst sofort aus dem Auto aussteigen.

»Platz machen! Das hier ist mein Auto!«, schrie er. Er hatte sich kaum noch unter Kontrolle.

Vera griff Schwenns Arm und hielt ihn zurück. Dezent flüsterte er ihm etwas ins Ohr, und Schwenn beruhigte sich ein wenig. Danach sprachen Vera und seine Kollegin miteinander, Schwenn stieg ein, und ich ging hoch in mein Zimmer. Beim Gang die steinernen Stufen hinauf schmerzten meine Oberschenkel. Ebenso mein Rücken und mein Bauch. Außer Atem öffnete ich meine Zimmertür und setzte mich auf den Rand meines Betts.

Was war hier eigentlich los? Wo lag Luxemburg? Was hätte mein Vater davon gehalten, dass ich das nicht wusste?

Ich lag auf meinem Bett und starrte an die Decke.

»Und ich stell mir wieder mal die gleichen Fragen.
Wo komm ich her? Wo geh ich hin?
Und wie viel Zeit werd ich noch haben?«
Spiel doch mal was.

Der Marshall Amp ließ mich nicht los.

Gegen 14 Uhr wollte ich doch noch einmal einen Versuch wagen.

Ich hatte den Verstärker am Tag zuvor für 24 Stunden reservieren lassen und konnte den Gedanken nicht ertragen, dass ihn nun jemand anders kurz vor Ladenschluss kaufte.

Aber meine Mutter war natürlich nicht in der Verfassung, nochmals loszufahren.

Wieder einmal konnte niemand im Haus etwas tun. Vera erklärte, er wollte regelmäßig mit Schwenn und der neuen Polizistin Kontakt halten. Alle anderen mussten sich eine Beschäftigung suchen.

Da Nickel noch einkaufen wollte und Sebastian nach Hause, erklärte sich Nickel bereit, Sebastian nach Hause zu fahren und danach mit einem Scheck meiner Mutter den Verstärker zu kaufen.

Ich schrieb mit zittrigen Fingern das Modell »Marshall JTM 60« auf einen Zettel und übergab ihn an die Delegation.

Als Nickel und Sebastian gegen 15 Uhr bei No. 1 eintrafen, stellte sich heraus, dass der Laden seit einer Stunde geschlossen hatte.

Nickel, Polizist durch und durch, gab nicht auf. Er schaute durch die Fenster, um zu sehen, ob noch jemand im Laden war. Tatsächlich! Ein Schatten zwischen den Gitarren. Aber auf ein Klopfen gegen die Scheibe tat sich nichts.

Auch ein Klingeln und erneutes, heftigeres Klopfen an die Tür erregte kein Interesse des Menschen innerhalb der heiligen Hallen.

Endlich, nach andauerndem Klopfen an das Fenster und energischem Blick seitens Nickel, öffnete ein genervter Ladenbesitzer langsam die schwere Stahltür der Barnerstraße 36.

»Landeskriminalamt Hamburg. Ich möchte Sie bitten«, Nickel hielt dem erstaunten Besitzer des Ladens den Zettel vor die Nase, auf dem in krakeliger Kinderschrift die Typenbezeichnung des 60-Watt-Röhren-Combos aufgeschrieben war, »mir diesen Verstärker auszuhändigen.«

Im Tausch gegen den Scheck meiner Mutter war der Deal komplett, und Nickel brachte den Verstärker kurze Zeit später ohne Quittung, Garantieschein oder Rechnung und leider auch ohne Stromkabel mit nach Hause.

Im Jahr 1996 hatten Laptops zum Glück noch große Kaltgerätestecker an ihren Netzteilen, und somit musste der gerade wieder eingetroffene Christian für die nächsten zwei Tage auf die Batterieleistung seines Computers hoffen, während ich schmerzlich erfahren musste, dass nicht mal eine rote Gibson 335 in Kombination mit einem Tweed Marshall JTM 60 Röhren-Combo darüber hinwegtäuschen konnte, dass ich in letzter Zeit deutlich mehr Zeit vor dem Fernseher verbracht hatte als mit einer Gitarre in der Hand.

In ein paar Stunden sollte also die zweite echte Geldübergabe passieren. Würde ich die Ruhe haben, die Stunden damit rumzubringen, Gitarre zu üben?

Am späteren Abend ging ich noch mal runter ins Wohnzimmer. Vera, Nickel und meine Mutter sowie Christian saßen zusammen am Esstisch und unterhielten sich. Vera erzählte, dass Schwenn im Sheraton Hotel in Luxemburg angekommen sei und eingecheckt habe. Die Tasche mit dem Lösegeld habe er den Hoteldiener tragen lassen.

Er zitierte Schwenn: »Der tat mir sehr leid. Er war schwächlich und musste nun diese schwere Tasche tragen, aber dafür wird er ja auch bezahlt. Als er mich fragte, was denn in der Tasche sei, habe ich geantwortet: ›Gold!‹ Darüber haben wir beide uns dann köstlich amüsiert.«

Alle, die um mich herum saßen, amüsierten sich ebenfalls über diese surreale Anekdote, die so weit weg stattzufinden schien. Die Tatsache, dass wir wieder einmal nichts tun konnten, ließ uns alle zwar verrückt werden, dennoch waren wir gelöst, dass nun endlich etwas passierte.

Der Übergabe stand nichts mehr im Weg.

Ich nahm mir eine Flasche Wasser aus dem Kühlschrank und fragte meine Mutter, ob sie noch mal mit hoch in mein Zimmer kommen würde.

Sie nahm mich in den Arm, und gemeinsam gingen wir nach oben.

An meinem Bett sitzend, bot sie mir noch eine halbe Tablette Valium an, die ich dankend annahm. Ich hoffte nur, Schwenn würde wach bleiben können.

Um 2 Uhr morgens wurde der 40 Kilogramm schwere Geldsack von Schwenn über einen Zaun an einem Parkplatz in Luxemburg gewuchtet. Die Polizei schickte am frühen Morgen zwei Zivilpolizisten, verkleidet als Spaziergänger, an den Zaun zum »Pinkeln«, um zu überprüfen, ob die Entführer das Lösegeld abgeholt hatten.

Ich wachte auf und ging noch im Schlafanzug nach unten. Schon von der Treppe aus sah ich meine Mutter bleich und matt im Sessel im Wintergarten sitzen. So tief war sie noch nie in die Kissen gesunken.

Als ich vorsichtig näher trat, sah ich, dass sie weinte.

Mein Vater war also tatsächlich ermordet worden, war mein erster Gedanke. Es war so ausgegangen, wie es mir vom ersten Moment an klar gewesen war. Meine Gedankenkette »Man wird entführt, dann zahlt man, dann wird die Geisel ermordet« veränderte sich zu »Mein Vater wurde entführt, dann haben wir bezahlt, und dann haben sie ihn umgebracht«.

Nur wie? Was war passiert?

»Was ist passiert?«, fragte ich meine Mutter.

Sie zog mich auf die Lehne ihres Sessels und atmete vorsichtig und tief durch.

»Es hat im Grunde alles gut geklappt, aber die Ärsche haben das Geld nicht abgeholt.«

Dann wischte sie sich die Tränen von den Wangen.

»Warum?«, fragte ich. Ich stellte mir alles Mögliche vor.

»Das wissen wir nicht.«

»Und nun?«

Meine Mutter erklärte, dass wir nichts tun könnten, als auf neue Anweisungen zu warten, und wohl noch eine Weile vergehen werde. Wieder mussten wir also warten.

»Wir haben es bis hierhin geschafft und werden es weiter schaffen. Wir hatten gehofft, dass alles an diesem Wochenende vorüber ist. Ich weiß. Aber die Entführer wollen ja das Geld. Denen bleibt nichts anderes übrig, als sich wieder zu melden!«

Ich saß still auf der Lehne des Sessels, den Arm meiner Mutter auf meinem Knie.

Sie sah mich an, die Lippen aufeinandergepresst, ihr Lächeln missglückte.

Wut stieg in mir auf. Meine verfluchte Mutter! Warum hatte sie sich Hoffnungen gemacht?! Warum hatte sie geweint darüber, dass wieder eine Geldübergabe nicht geklappt hatte? Es war das zweite Mal, und nichts war anders als zuvor.

Noch am Donnerstag hatte meine Mutter unserer Haushälterin Frau Gutke etwas eingebläut. Frau Gutke war das erste Mal seit knapp drei Wochen wieder zu uns gekommen und hatte sofort angefangen zu weinen.

Meine Mutter hatte ihr gefasst, ernst und eindringlich erklärt: »Frau Gutke, hier wird nicht geweint! Wir müssen das durchstehen, Weinen hilft nicht, Ihnen nicht und mir nicht. Also bitte, kommen Sie nur, wenn Sie es schaffen, hier nicht zu weinen.«

Frau Gutke hatte es geschafft. Warum also schaffte sie es selbst nicht? Ich war so wütend und verständnislos, dass ich aufstand und meine Mutter anschrie: »Du hast mir immer gesagt, ich soll mich nicht auf einen bestimmten Tag festlegen, und das habe ich auch nie getan! Deshalb kann ich das jetzt aushalten! Und was ist mit dir? Du hältst dich nicht an deine eigenen Ratschläge, und nun bist du enttäuscht. Erinnere dich, was wir über die Hoffnung gesagt haben!«

Schwer atmend stand ich vor ihr.

Ich ging wieder einen Schritt auf meine Mutter zu, den ich für meinen Ausbruch zurückgewichen war. Wir sahen uns an, dann gab sie mir recht. Ich sei klug, und sie sei dumm.

Hilflos umarmten wir uns für einen kurzen Moment. Dann wollte ich weg.

Von Schwenns Streitigkeiten mit der Polizei, weil er, als er die schwere Tasche mit den 20 Millionen aus dem Kofferraum zerrte, bemerkte, dass die GPS Verkabelung des Citroën von der Polizei so schlampig angebracht worden war, dass sie ihm einfach entgegenfiel, und davon, dass die Polizei Schwenn wiederum vorhielt, er wäre nicht durchgehend für sie zu erreichen gewesen, erfuhr ich nichts.

Ich war im Grunde beruhigt, dass alles war wie am Abend zuvor, und half meiner Mutter beim Frühstückmachen. Wir beschlossen, dass wir mehr Menschen um uns herum brauchten, die uns halfen, unsere Bahnen in der Entführungsgalaxie einzuhalten.

Meine Mutter kontaktierte ihren Bruder Thomas und seine Frau Monika, bei denen ich bereits vor knapp zwei Wochen in Augsburg gewesen war, und sie stimmten zu, noch am gleichen Tag mit dem Zug zu uns zu kommen.

Außerdem musste Joachim Kersten kontaktiert werden, um weitere 10 Millionen Mark zu beschaffen.

Weiter um Normalität bemüht, einigten meine Mutter und ich uns darauf, dass ich am nächsten Tag wieder in die Schule gehen sollte.

Einerseits beruhigte mich die Aussicht auf die Schule und meine Freunde, andererseits hatte ich das latente Ge-

166

fühl, dass die alte Normalität, die nun wieder teilweise einzukehren schien, auch bedeuten könnte, dass wir aufgegeben hatten. Gab es noch einen Weg hinaus aus diesem Horror und zurück in unser altes Leben?

Bei mir entwickelte sich das Bedürfnis, jemanden zu finden, bei dem ich meine beiden Welten in Übereinstimmung bringen konnte. Die Wahl fiel auf meinen Grundschulfreund Johannes. Ich rief ihn nach der Schule an, und wir verabredeten uns auf dem nahe gelegenen Bismarckstein. Ich wollte auch noch Niklas dabeihaben, aber Niklas war wegen einer Familienfeier verhindert.

Ich verließ also das erste Mal seit Wochen allein das Haus und ging, noch nicht mal von einem unserer Hunde begleitet, den vertrauten Hunderunden-Weg, die Straße runter, eine kleine Treppe hinauf und einen Waldweg entlang zum Bismarckstein. Johannes war schon da.

Wir begrüßten uns körperlos, wie Dreizehnjährige es tun.

Außerdem schien sich Johannes unsicher, ob mit mir nach so langer »Krankheit« alles in Ordnung war.

Ich ersparte ihm einen Versuch, die richtigen Worte zu finden, und fing gleich an. Erzählte, dass mein Vater entführt worden sei. Drei Wochen lang schon. Dass ich überhaupt nicht krank gewesen sei. Dass die Entführer Geld wollten. Dass es bislang nicht gelungen sei, ihnen das Geld zu übergeben, und dass ich morgen wieder in die Schule kommen würde.

Wir gingen ein paar Schritte.

Johannes war natürlich einigermaßen überrascht und stellte ein paar Fragen, von denen ich nicht verstand, wie er auf sie kam, und auf die ich keine Antwort geben konnte.

Dann verabschiedeten wir uns ohne große Worte, und ich verließ den Ort mit dem Gefühl, wieder einmal einem Alien begegnet zu sein, das nur zufällig so aussah wie ich, aber im Grunde keinerlei Gemeinsamkeit mit mir hatte.

Als ich nach Hause kam, hatte meine Mutter bereits Johannes' Mutter, Frau Wessel, angerufen, um sie auf die Neuigkeiten vorzubereiten, mit denen er nach Hause kommen würde.

Es stellte sich heraus, dass sie es schon seit geraumer Zeit wusste. Sie arbeite schließlich bei Gruner & Jahr, und der gesamte Verlag wisse Bescheid.

Meine Mutter war genervt. Sie schüttelte den Kopf über die Sensationslust der Menschen da draußen, und wir beide wagten es nicht, darüber weiter nachzudenken, was wohl noch geredet wurde.

Meine Mutter atmete durch.

»Johann, Johann Schwenn wird nicht mehr wiederkommen. Er kann nicht mehr. Er hat ja auch sehr viel für uns getan.« Ich erschrak.

»Was ist denn passiert? Brauchen wir ihn nicht mehr?«

Ich konnte mir nicht vorstellen, dass sich die eingeschworene Truppe auflöste. Schwenn war für mich immer ein Anker gewesen. Seine Sprüche, sein schlauer, präziser Humor und seine hanseatische Seriosität wirkten beruhigend auf mich. Die Momente, in denen er überfordert gewesen war, hatte ich nicht direkt mitbekommen. Ich kam immer erst dazu, wenn etwas nicht funktioniert hatte, was ich aber eher der Polizei und sowieso den Entführern zuschob. Wem auch sonst? Vergleichsmöglichkeiten hatte ich keine.

Schwenn, so meine Mutter, sei für ein paar Stunden nicht auffindbar gewesen, habe sich dann aber bei der

Polizei gemeldet. Er verlangte nach einem Hubschrauber, der ihn umgehend zu seiner Familie nach Sylt fliegen sollte. Meine Mutter verzog keine Miene, während sie dies erzählte.

»Schwenn hat viel für uns getan«, wiederholte sie, »weit über seine Funktion als Anwalt und Freund hinaus. Er hat seine Familie ja schon sehr lange nicht mehr gesehen und braucht sie jetzt einfach dringend und vor allem schnell.«

Mir kam der an sich absurde Wunsch nach einem Hubschrauber in unserer Situation gar nicht mehr sonderlich ausgefallen vor. Für einen kurzen Moment überlegte ich, ob ich einen ähnlichen Wunsch äußern dürfte. Einen Hubschrauber zum Beispiel, der mich aus dieser Situation herausflog. Irgendwohin. Bestenfalls auch zu meiner Familie. Dem Teil, der fehlte. Zu meinem Vater.

Hinaus aus meinem Zimmer. Weg von meinem CD-Player und meiner Gitarre. Hinfort von den schlafenden Polizisten und den Tonbandgeräten. Hinaus aus dem Haus, über den verletzten Garten meines Vaters, hin zu ihm. Wo auch immer das sein mochte. Wie weit es auch war.

Ich nickte meiner Mutter zu und versuchte, verständnisvoll auszusehen.

Als die Polizei Schwenn abholte, fand sie ihn vor seinem Büro. In sich zusammengefallen saß er in den gelben Ledersitzen seines Citroën. Eine Tür war offen, und er kotzte vom Fahrersitz aus auf den Bürgersteig.

Auch dies erzählte meine Mutter mir wie nebenbei. Wie etwas, das passieren kann. Und tatsächlich spürte ich, dass es nichts Besonderes mehr war.

Was ich fühlte, und ich glaube, meiner ernsten Mutter ging es nicht anders, war nicht Enttäuschung, Wut oder

169

Mitleid. Ich hatte einfach nur größtes Verständnis für Schwenns Reaktion. Es war alles zum Kotzen. Man durfte scheitern. Schwenn war Anwalt. Das wusste ich und versuchte mich zu erinnern, was ich sonst noch über ihn wusste. Mir fiel nichts mehr ein, außer dass er von meiner Mutter angerufen worden war und im Lauf der Entführung die Rolle des Geldüberbringers zugewiesen bekommen hatte. Er war nicht dafür ausgebildet, vielleicht meinem Vater auch schlicht emotional nicht so verbunden wie meine Mutter und ich. War es nicht nur unsere familiäre Liebe, die uns durchhalten ließ?

Ich fragte mich, ob ich Schwenn jemals wiedersehen würde.

Weitere Details erzählte mir meine Mutter nicht. Ich wusste nichts von Streits, die im Hintergrund abliefen, und auch nichts von Fehlern und Schuldzuweisungen.

Alle Details zogen an mir vorbei, und nur die Verhaltensweisen der Menschen im Haus und die Stimmungen, die sie zuließen, führten bei mir zu einem vagen Gefühl der Unsicherheit. Wenigstens das war mir bereits schmerzhaft vertraut.

Als Thomas und seine Frau Monika am Abend ankamen, zeigte ich ihnen als Erstes meine neue Gitarre, stöpselte sie in den Marshall ein und stellte ihre Nerven auf eine weitere Probe.

Am nächsten Morgen stand ich gegen 6 Uhr auf. Alle anderen schliefen noch.

Ich war dadurch wach geworden, dass Vera das Haus verlassen hatte. Er hatte wohl vergeblich die Nacht über auf einen Anruf gewartet.

Wie jeden Morgen ging ich ins Bad, zog mich aus und stellte mich vor den Spiegel.

Bisher hatte ich kein sonderliches Interesse an meinem Körper gehabt. Seit ich aber täglich immer mehr Sit-ups machte, bemerkte ich, wie sich mein Körper langsam veränderte.

Oberhalb des Bauchnabels, wenn ich ihn einzog, wölbten sich diagonal an den Seiten meines Bauchs ein paar Muskeln, die mich entfernt an John Rambo erinnerten, nur mit dem Unterschied, dass sie deutlich weniger zu erkennen waren.

Von dort aus abwärts sah ich waagerechte rote Striche, die John Rambo nicht hatte und die, so ahnte ich, eher auf meinen extensiven Chips- und Süßigkeitenkonsum zurückzuführen waren. Wenn ich mich umdrehte, erkannte ich rote Risse, die quer über meinen Rücken verliefen und sich, das konnte ich mit meinen Fingern spüren, leicht wölbten und schmerzten. Mit verrenkten Armen betastete ich meinen Rücken und das darunterliegende Gewebe.

Es war irgendwie kaputtgegangen. Mein Blick schweifte über den Rest meines Körpers. Mein Gesicht war blass und schmal geworden. Mein Bauch unförmig. Länger und irgendwie anders, als ich ihn in Erinnerung hatte, und dennoch irgendwie weich.

In gleicher Weise, wie sich meine Muskeln entwickelten, schien mein Fettgewebe darüber zu expandieren. Ich verband mit der Veränderung weder Stolz noch Ekel noch sonst irgendeine Emotion. Ich beobachtete lediglich und fragte mich, wohin das wohl führen würde.

Meine Stimme veränderte sich. Das merkte ich meistens morgens unter der Dusche, wenn ich versuchte, ein Lied zu summen. War das der Stimmbruch? Suchte mein Körper die Flucht nach vorn?

Dennoch überwog das Gefühl, ich sei einfach nur taub und gelähmt.

Meine Mutter war auch gerade aufgestanden und kochte sich leise einen Kaffee.

Ich zog mich an und ging ins Wohnzimmer hinunter.

Die letzten drei Wochen war ich meist erst ins Wohnzimmer gekommen, wenn alle schon da waren.

Oft schlief ich länger als die Polizisten und die anderen Gäste im Haus. Immer waren sie zwar von der vorangehenden Nacht ausgelaugt, aber dennoch schon wieder dabei, die Vorkommnisse zu analysieren und auszuwerten. Ab und zu blieb ich noch in meinem Bett liegen, bis ich sicher war, dass wirklich alle wach waren, um nicht allein mit einem Polizisten in die Situation zu geraten, dass etwas vorgefallen war, was meine Mutter nicht wusste und worauf ich reagieren musste.

Ich betrat das Wohnzimmer und sah Nickel auf einer Isomatte auf dem Boden schlafen. Neben ihm den großen

Esstisch und daneben die Technikaufbauten. Wie ein gleitendes Raumschiff in einer weit, weit entfernten Galaxie fühlte sich diese Szenerie an. Tonbänder, Kassetten, Bandmaschinen, Faxgerät, Telefone, Koffer und Kabel, Kabel, Kabel. Daneben ein schlafender Polizist und neben ihm seine Dienstwaffe, die ich mit dem Fuß etwas zur Seite schieben musste, um über ihn in die Essecke zu gelangen. Draußen wurde es gerade hell. Die Vögel zwitscherten ihr grässliches Lied, die Fenster vom Haus meines Vaters waren weiterhin dunkel. Meine Mutter und ich lachten uns kurz an, als ich über den schlafenden Polizisten stieg und versuchte, meinen Ranzen unter der Bank hervorzuholen. Er kam mir unverhältnismäßig schwer vor. Ich zog und rüttelte ein wenig mehr, und schon hatte ich die schwarze Sporttasche mit den 30 Millionen in D-Mark und Schweizer Franken hervorgezogen.

Ich bekam einen Schreck. Da unter der Bank lag also der Gegenwert meines Vaters. Neben einer Waffe und einem schlafenden Polizisten. Ein Sack, mit dem ich keinerlei Gefühle verband. Nur Ballast, den es loszuwerden galt.

Wie hatte Schwenn es in einem Telefonat mit den Entführern formuliert?

»Das Geld ist uns egal! Wir wollen einfach nur, dass Sie es bekommen!«

Nickel wachte auf, als ich begann, meine Cornflakes zu essen. Er verzog sein Gesicht und sich selbst dann ins Arbeitszimmer meiner Mutter. Er schien nicht begeistert davon, dass ich gesehen hatte, dass auch er schlafen musste.

Dann machte ich mich auf den Weg in die Schule.

Das Fahrradfahren tat mir gut. Ich atmete die kühle Luft ein. Ich war gewappnet. Mein Rücken schmerzte zwar etwas beim Fahrradfahren, und meine Beine waren es auch nicht mehr gewohnt, aber ich war ruhig. Ich hatte mich mit meiner Mutter darauf geeinigt, dass sie mir eine Nachricht auf mein Quix, einen für kurze Zeit sehr angesagten Pager, senden sollte, falls sich in unserem Teil der Galaxie etwas maßgeblich veränderte.

So verkabelt betrat ich, wie immer viel zu früh, das Christianeum.

Niemand außer Frau Schwarzrock und dem Schulleiter, mit dem ich natürlich keinen Kontakt hatte, wusste etwas, und außer Johannes hatte ich es auch keinem meiner Freunde erzählt.

Der Schultag zog an mir vorüber, dabei hatte ich mich gefreut – ja, tatsächlich, er war eine Abwechslung, ein Beweis dafür, dass das Leben weiterging. Weitergehen konnte. Auch ohne meinen Vater.

Dessen wollte ich mich versichern, wollte spüren, dass es möglich war, am Leben teilzunehmen, dass es Themen in meinem Leben geben könnte, die normal waren. So rechtfertigte ich auch vor mir selbst, dass ich meine Mutter zu Hause allein ließ.

Doch wie damals – wie lange war das eigentlich her, bei Friedrich zu Hause? – hatte ich das Gefühl, dass es keine Gemeinsamkeit zwischen mir und meinen Freunden mehr gab. Meine Themen, meine Gedanken und mein Verhalten waren so gänzlich verschieden von ihren.

Es war überhaupt keine wirkliche Unterhaltung möglich.

Die Fragen nach meiner Krankheit beantwortete ich mit der nötigen Coolness, und die Fragen von Johannes, konspirativ in einer Ecke des Schulhofs geflüstert, wie »Wie kann eine Entführung eigentlich so lange dauern??«

oder »So langsam glaube ich dir die ganze Geschichte aber nicht mehr!«, glitten an mir ab wie der Unterrichtsstoff.

Als wäre ich von einer undurchdringbaren Atmosphäre umgeben, die jeden Versuch, zu mir zu gelangen, verglühen ließ.

Als ich aus der Schule kam, fand ich mich wieder in meinen Gewohnheiten ein.

Christian war da, Joachim Kersten, Thomas und seine Frau Monika und meine Mutter. Die Angehörigen also. Und die Angehörigenbetreuer, Vera und Nickel nebst Technik, Waffen und zig Millionen mittlerweile im Keller, damit ich sie nicht wieder versehentlich hervorzog.

So kannte ich es. Nickel war gerade von einer sogenannten Pressefahrt zurückgekommen. Unter Zurschaustellung seiner schauspielerischen Fähigkeiten schleppte er regelmäßig leere Koffer aus dem Haus und in den Kofferraum eines Autos, mit dem er dann um den Block fuhr, um herauszufinden, ob er von der Presse verfolgt würde, die im Fall einer echten Geldbotenfahrt eventuell die Dinge verkomplizieren könnte.

Er hielt an grünen Ampeln und fuhr los, wenn sie auf Rot schalteten.

Tunneln und schütteln nannte er es.

Ich öffnete den Kühlschrank und suchte nach etwas Essbarem. In der Schule hatte ich nichts runterbekommen. Es war mir falsch vorgekommen, mich zum sogenannten MIC (Mittagessen Im Christianeum) anzustellen, Teil dieser drängelnden Traube von Jugendlichen zu werden, die die Arme ausstreckten, um so früh wie möglich ein Pizzabrötchen oder einen Vanilledrink zu ergattern.

Der Kühlschrank war gefüllt, aber ich fand nichts, worauf ich Lust hatte. Ich ging raus auf den Balkon, Joachim Kersten und Christian Schneider waren draußen und rauchten. Ich lehnte mich mit den Unterarmen aufs Geländer und schaute auf die Stühle im Garten. Würde ich mich jemals wieder entspannt dort hinsetzen können?

Liegestühle im Garten verkörperten für mich die mittlerweile unvorstellbar gewordene und im krassen Gegensatz zu unserem Planeten stehende Welt der entspannten Ruhe. Mein Herz pochte konstant schneller und lauter als gewöhnlich. Der Schulbesuch hatte mich stärker irritiert, als ich es mir gewünscht hatte. Es war nicht die Rückkehr zur Normalität gewesen, sondern der Weg aus meiner neuen Normalität in eine surreale Situation. Dort war ich also auch falsch.

Ich atmete geräuschvoll ein und blickte zu Joachim. Neben uns auf dem Tisch stand eine Packung mit 24 Eiern, die offenbar nicht mehr in den Kühlschrank gepasst hatte.

Kurz erwischte ich mich bei dem Gedanken, dass hier wohl niemand etwas Besseres zu tun hatte, als ständig einkaufen zu gehen. Es war allerdings auch dauerhaft ein Dutzend Menschen im Haus, die oft nichts tun konnten als zu warten. Der halb volle Kasten Jever Fun neben der Balkontür erinnerte mich mit einem Stich im Magen daran, dass Johann Schwenn fehlte.

Ich öffnete die Schachtel, nahm ein Ei heraus, hielt es einen Moment in der Hand, wog es auf und ab und genoss die raue Kühle der Schale. Ich bildete mir ein, das Eigelb im Eiweiß durch meine wiegenden Bewegungen in eine bestimmte Richtung bringen zu können. Dann holte ich aus und schmetterte es mit voller Wucht auf einen der Gartenstühle. Das Ei zerbarst, und die glibberige Masse spritzte über Stuhl und Rasen. Langsam drehte ich mich um.

Joachim sah mich mit großen Augen an.

Joachim Kersten war Anwalt meines Vaters in Zivilrechtsfragen. Ein ruhiger, sympathischer und oft sehr witziger Hanseat. Mein Vater und er waren zwar nicht gemeinsam zur Schule gegangen, ich erinnerte mich aber an die Anekdote meines Vaters, dass er und ein paar seiner Freunde, zu denen ich nun in Gedanken auch Joachim Kersten zählte, in der Oberstufe, als die Lehrer dazu übergehen mussten, die nun volljährigen Schüler zu siezen, beschlossen, sich untereinander ebenfalls zu siezen. Dies behielten sie über Jahre bei, und ich war mir gar nicht sicher, in welcher Form sie sich zu diesem Zeitpunkt, sollten sie sich jemals wiedersehen, ansprechen würden. Waren sie schon zum »Hamburger Sie« übergegangen und benutzten wenigstens den Vornamen?

Joachim sagte kein Wort. Er drückte die Zigarette im Aschenbecher auf dem Tisch aus und griff ebenfalls in den Eierkarton. Er nahm ein Ei, lächelte mich an, holte aus und schmiss es ebenfalls auf einen der Stühle.

Stumm griff ich in die Schachtel und zog gleich zwei Eier heraus. Eins schmiss ich Richtung Christian, der es fing und sofort, haarscharf an meinem Kopf vorbei, in den Garten pfefferte. Ich zerschmetterte eins auf dem Rasen und ein weiteres auf dem Gartenstuhl. Ich drehte mich lachend um, nahm ein weiteres Ei und warf es Christian zu, dem es in den Händen zerbrach und seine Hose besudelte. Wir alle drei lachten hysterisch. Vera schaute durch die gläserne Balkontür und sah erstaunt aus. Joachim hatte ihn gar nicht gesehen, griff in die Eierpackung und näherte sich, ebenfalls in beiden Händen ein Ei, der Balkonbrüstung. Er holte aus. Die Eier zerschellten auf den Stühlen und im Gras.

Nach zwei Minuten war die Packung leer. Wir sahen einander an, lächelten und öffneten die Tür. Vera stand noch immer davor.

Joachim steckte sich das Hemd in die Hose, zog seinen Kragen zurecht und sagte im Reingehen, während er sich die Hände abklopfte: »So. Ich konnte mir bisher nicht vorstellen, dass so etwas so guttun kann.«

Vera sagte nichts. Christian schaute amüsiert auf seine besudelte Hose. Ich ging an ihm vorbei ins Haus mit der Gewissheit, dass wieder ein paar Minuten vergangen waren.

Ohne Details zu kennen spürte ich, dass meine Mutter irgendwie komisch war. Aber da ich nicht wusste, woran es lag, schob ich den Gedanken schnell beiseite.

In diesen Tagen versuchte ich, mich so wenig wie möglich auf die Details des Wahnsinns zu konzentrieren. Ich hatte mich in dieser unmöglichen Situation eingefunden, Rituale etabliert und es geschafft, stark zu bleiben.

Ich wusste, dass immer wieder Briefe der Entführer ankamen. Ich bekam Auszüge daraus erzählt und versuchte, die Fragen, die sich sofort in meinem Kopf auftürmten, zur Seite zu schieben.

Briefe meines Vaters an mich las ich. Besprach sie mit meiner Mutter.

Ich befand mich in einer Art erzwungener, hoffnungsloser Gleichgültigkeit. Mein stärkstes Gefühl war die Angst vor der Enttäuschung und damit auch die Angst vor der Hoffnung.

Ich erstickte beides, indem ich versuchte, nicht zu viel zu denken. Indem ich ein paar Tage zur Schule ging. Auf den Dom. Ins Kino. Indem ich Chips vor dem Fernseher aß, Liegestütze und Sit-ups machte, bis der Schmerz in meinem Rücken das Einzige war, was ich noch spürte.

Ich schlief. Oft mit Valium. Dämmerschlaf, durch den wenigstens die Zeit verging.

Am Abend des darauffolgenden Tages ging ich in den Garten. Zu meiner Überraschung saß dort ein Mann auf einem unser Gartenstühle. Er rauchte, sah mich an und sagte kein Wort.

Er trug eine braune Lederjacke.

Dies wusste ich von meinem Vater: Wenn nicht Wildleder mit Bündchen (bestenfalls noch ausgeleiert und ausgebeult, wie er sie trug), dann handelt es sich um einen sehr unseriösen Menschen! Nicht, dass mein Vater mir diese Zusammenhänge tatsächlich erläuterte. Ich konnte die Abneigung gegen bestimmte Dinge, wie Lederjacken, immer nur aus seinen Gesichtszügen ableiten.

Die waren allerdings unmissverständlich.

Der Mann bewegte sich nicht. Führte nur die Zigarette zum Mund und schaute mich an.

Erschrocken wich ich zurück ins Haus, schmiss die Tür ins Schloss und lief zu meiner Mutter ins Wohnzimmer. »Da sitzt ein Mann in unserem Garten! Der gefällt mir nicht! Der sieht irgendwie komisch aus!« Meine Mutter, ganz ruhig, vermittelte mir sofort das Gefühl, dass hier alles seine Richtigkeit hatte. Sie schaute mich freundlich, aber ernst an, ging mit mir zur Tür und öffnete. Sie lächelte kurz.

»Hallo, Michael. Komm rein.«

Dann stellte sie mir Michael Herrmann als einen alten

Freund vor und verschwand mit ihm nach unten in ihr Arbeitszimmer.

Beide Häuser meiner Eltern hatten eine Gemeinsamkeit. Sie waren sehr hellhörig.

Meine Mutter schrieb noch oft abends am Computer in ihrem Arbeitszimmer im Erdgeschoss, das, da das Haus an einen Hang gebaut war, ein Stockwerk unter dem Eingangsbereich lag.

Wenn die Türen geöffnet waren, konnte ich dann im ersten Stock nicht einschlafen. Zu laut war das Hämmern auf der alten Computertastatur.

Im Haus meines Vaters, er hatte sein Arbeitszimmer im Dachgeschoss, und mein Zimmer lag zwei Stockwerke darunter, war es ähnlich.

Wenn man also ungestört sein wollte, musste man die Türen schließen.

Dies hatte meine Mutter in den letzten drei Wochen oft getan, wenn sie sich mit Christian, Thomas oder Sebastian zur Beratung in ihr Arbeitszimmer zurückzog.

Ich war nie dabei und hatte auch nie das Bedürfnis dazu. Nun aber hatte ich zum ersten Mal das Gefühl, dass etwas geschah, was ich überhaupt nicht mehr einschätzen konnte.

Etwas passierte in diesem Haus hinter meinem Rücken.

Erst zwei Tage später erzählte mir meine Mutter, was es mit diesem Auftritt auf sich gehabt hatte.

Dann zeigte sie mir auch, was sie bis dahin versteckt hatte.

Vorn aus ihrem Hosenbund zog sie einen Zettel.

Meine Mutter erzählte in für mich kryptischen Worten davon, dass Jan Philipp einen Weg gefunden habe, mit uns direkt zu kommunizieren, und wir aufpassen müssten, dass die Polizei davon nichts bemerkte.

Nur so könne die nächste Geldübergabe dann ohne Polizei endlich klappen.

Ich sah sie an. Ungläubig, aber zu müde, um die Augen aufzureißen. Stattdessen drängten meine Gedanken aus der letzten Zeit wieder in den Vordergrund.

Die Indianer-Joe-Geschichte aus *Tom Sawyer* kam mir wieder in den Sinn. Und nun wurde also ein Brief an der Polizei vorbeigeschmuggelt? Vielleicht durch eben jenen Spalt, der eine schmale Verbindung zur Außenwelt darstellte?

In Sorge, die Details der Entführung, Fotos, bestimmte Sätze und Vorgänge würden mich noch mehr verängstigen, sortierte meine Mutter eine Art kindgerechte Version der Entführung.

Doch wie man einem Kind nicht die Angst vor einem Horrorfilm nimmt, indem man ihm an den besonders gruseligen Stellen die Augen zuhält, den Ton aber nicht abstellt, so hatte diese Vorsortierung zur Folge, dass meine Fantasie besonders blühte.

Manchmal war sie gruseliger als die Realität.

Ich stellte mir vor, wie mein Vater einen Spalt in der Höhle gefunden, ihn vielleicht sogar selbst gekratzt hatte, um einem vorbeigehenden Menschen einen Brief für seine Familie, für uns, zu geben.

Hatte er durch den Spalt nach ihnen rufen können und ihnen dann mit blutigen Fingern den Brief durch den Lichtschlitz geschoben, ohne selbst die Möglichkeit zur Flucht zu haben?

Hatten sie ihm Wasser geben können?

Oder gab es diesen Kontakt gar nicht, und der Zettel war einfach gefunden worden?

All diese Gedanken verschlangen sich in meinem Kopf zu einem undurchdringlichen Knäuel von Informationen und Ungenauigkeiten.

Meine Mutter und ich waren zu zweit in meinem Zimmer. Die Polizisten waren unten, und sonst war niemand im Haus.

Sie schloss die Tür und verriegelte sie.

Mit ruhigen Händen, sich noch mal vergewissernd, dass wir allein waren, entfaltete meine Mutter den Brief meines Vaters und gab ihn mir.

Ich saß auf meinem Bett, meine Mutter kniete auf Augenhöhe vor mir, und ich las den Brief.

Das Papier war zerknittert, als hätte es eine lange Reise hinter sich bringen müssen, um in diesem Kinderzimmer gelesen zu werden. Tagelang hatte meine Mutter den Brief zwischen Hosenbund und Unterhose herumgetragen, kein Versteck im Haus schien ihr sicher genug.

Die Polizei durfte ihn nicht finden. Durfte nichts von dieser neuen Möglichkeit einer Übergabe erfahren. Durfte sie nicht sabotieren. Nicht das Leben meines Vaters ein weiteres Mal gefährden. Einmal war ihr der Brief beim Essen aus dem Hosenbein gerutscht. Niemand hatte es gemerkt. Auch ich nicht. Behutsam hatte sie ihn aufgehoben, als wäre nichts gewesen.

Und nun hielt ich diesen Brief in den Händen, den mein Vater mithilfe von Lederjacken tragenden Freunden, die ich noch nie zuvor gesehen hatte, zu uns hatte schmuggeln können.

15.4.1996
Liebe Kathrin,
heute Nacht hätte ich bei Euch sein können.
Gestern erhielt ich die Nachricht: es ist erneut gescheitert, überall Polizei.
Ich weiß nicht, was ich mir für einen Reim machen soll. Glaube mir: Eine Übergabe ohne Polizei ist für mich das sicherste! Oder kann es sein, daß die Polizei hinter Eurem Rücken agiert?
Es kann natürlich auch sein, daß die Entführer die Nerven verloren haben und Gespenster gesehen – aber den Eindruck machen sie nicht. Das sind keine Amateure! Ich versuche, mich in Deine Lage zu versetzen und kann das kaum, weil mir dann so zum Heulen ist, daß ich nicht ein noch aus weiß. Und wenn ich an Johann denke! Aber Ihr müßt es als eine Art brutale Geschäftsabwicklung auffassen, und es wird klappen: Geld gegen JP. (Es ist so schwer – ja schwierig nicht, aber schwer –, Dir zu schreiben, ich halte meine mittlerweile sehr klein gewordene Seele mit lauter

Ablenkungsgedanken zusammen, aber wie lange geht das noch?)
Zu den Tatsachen in aller Kühle + Knappheit: Sie haben das Lösegeld von 20 auf 30 Millionen heraufgesetzt. Bitte laß die zusätzlichen 10 Millionen beschaffen –
Sie haben zu Gerhard kein Vertrauen mehr. Auch ich glaube, daß eine Neuauflage der alten Versuche nichts bringt. Ich habe darum zwei außenstehende Vermittler gebeten und autorisiert, die Verhandlungen zu führen und das Geld zu übergeben: Lars Clausen und Christian Arndt. Beide haben sich telephonisch bereit erklärt zu helfen.
Es ist so das Beste. Es kommen nun Leute von außen und bringen Bewegung herein. Es ist ja irgendwie festgezurrt, und die Aussicht, hier noch Wochen und Wochen verbringen zu müssen, ist furchtbar! Ach, Kathrin, ich mag nicht jammern, Dir das Herz schwerer machen, als es sowieso schon ist. Nimm Johann von mir in den Arm und drück Euch ganz fest! Und laß uns hoffen, daß es diesmal gutgeht! Es muß diesmal klappen! Ich kann nicht mehr warten!
Ich liebe Euch so sehr!
Euer ziemlich verzweifelter Jan Philipp

Ich las den Brief, biss mir auf die Lippen und schlug den nächsten Brief auf.

Lieber Johann,
ich hatte so gehofft, schon bald wieder bei Euch sein zu können (und war schon abergläubisch geworden, als ich sah, was heute, am 15. 4., im Jahre 1960 passiert war – tja, das kommt davon, abergläubisch soll man eben nicht sein!) Wir müssen eben einfach noch etwas durchhalten.

Es wird schon gut werden.

Weißt du eigentlich, <u>wie sehr</u> ich Dich lieb habe? Ich wette, Du hast keine Ahnung, wie sehr.

Bis sicher bald.

Dein Vater F.

Ich blätterte zurück zu dem Brief an meine Mutter. Dann las ich ihn noch mal.

Es war das erste Mal, dass ich einen Brief meines Vaters im Original, auf richtigem Papier, mit einem echten Stift beschrieben, in den Händen hielt. Ich erkannte seine Schrift, sah, dass der Stift beim Schreiben ein wenig das Papier eingedrückt hatte.

Es war echt.

Ich hatte nicht mehr das Gefühl, dass es keiner großen Anstrengung bedurft hätte, die Worte meines Vaters von dem glatten Faxpapier zu wischen. Eine Handbewegung. Als seien sie niemals da gewesen.

»Dein Vater F.« Ich spürte, wie sich mein Magen zusammenzog.

»F.« stand für den Spitznamen meines Vaters, den ich ihm als kleines Kind unfreiwillig gegeben hatte. *Filim* sagte ich anstatt Jan Philipp. Diesen Namen nutzte irgendwann nicht nur ich, sondern auch meine Mutter, wenn auch im Scherz, aber genauso oft.

Niemand kannte diesen Spitznamen, und mir wurde erst jetzt, diesen ersten echten Brief in den Händen haltend, bewusst, wie sehr unsere geheimste innerfamiliäre Intimsphäre verletzt und nach außen getragen worden war. *Filim* war längst in aller Munde.

Mir war es unangenehm. Fast schon peinlich. Wie viel die Polizisten unten im Haus von unserem Privatleben wussten, und nicht nur die.

Der Krisenstab. Die Polizeitechniker. Die Angehörigenbetreuer. Michael Herrmann. Die Entführer.

Ich schob den Gedanken beiseite und machte Platz für einen größeren.

Ebenfalls erkannte ich nämlich, dass nun alles von vorne loszugehen schien.

Wie genau, wollte ich nicht wissen. Alles, was ich spürte, war die Ahnung, dass die drei Wochen, die 24 Tage, die bislang vergangen waren, nicht irgendein Ende markierten.

Die Vögel vor dem Fenster, mein Kinderzimmer. Meine Mutter, die an meinem Bett saß: Das alles schien wie ein Déjà-vu. Ein Neuanfang der Odyssee.

Ich seufzte. Meine Mutter nahm mich in den Arm.

Wir sprachen nicht weiter über den Brief.

Was hätten wir sagen sollen? Wie hätte meine Mutter mich ermutigen können?

Es war bereits alles gesagt, und es war nahezu alles geschehen. Wir waren ausgebrannt und konnten dennoch nicht erlöschen. Wir mussten es schaffen, bis zu irgendeinem Endpunkt zu gelangen.

Kurz dachte ich daran, die *Chronik* aufzuschlagen.

Was meinte mein Vater, wenn er schrieb *»(Ich) war schon abergläubisch geworden, als ich sah, was heute, am 15. 4., im Jahre 1960 passiert war – tja, das kommt davon, abergläubisch soll man eben nicht sein!«*?

Ich fragte meine Mutter, ob sie wusste, was damit gemeint war, und sie antwortete, dass sie schon nachgesehen habe. Der vierjährige Eric Peugeot wurde an diesem Tag nach einer dreitägigen Entführung und Lösegeldzahlung mehr oder weniger unbeschadet freigelassen.

Auf einmal kam mir meine verstorbene Oma Gertrud wieder in den Sinn. Die Mutter meines Vaters, die Zeit ihres Lebens Angst vor einer Entführung ihres Sohnes gehabt hatte. »Ein Glück, dass Oma Gertrud nicht mehr lebt!«, sagte ich zu meiner Mutter, ohne zu wissen, wie dieser Gedanke in meinen Kopf gekommen war.

Aber sie wusste genau, was ich damit sagen wollte.

Oma Gertrud war vor einigen Monaten gestorben. An diesem Tag im Frühling 1995 sah ich das erste Mal eine Leiche.

Meine Großmutter, das liebevollere Wort Oma brachte und bringe ich ihr gegenüber nicht über die Lippen, lebte die letzten Jahre vor ihrem Tod in einer Wohnung in Hamburg-Nienstedten.

Ich hatte durch meine Mutter von ihrem Tod erfahren.

Ihr Tod berührte mich wenig, da ich selten Kontakt zu ihr hatte, abgesehen von ein paar verkrampften Besuchen gemeinsam mit meinen Eltern bei ihr zu Hause.

Zwischen uns, aus dem ewigen Eis ihrer Kühltruhe geborgen, aber noch halb gefroren, standen mehrere Dr.-Oetker-Torten. Gesprochen wurde kaum.

Ich kann mich nicht erinnern, dass meine Großmutter väterlicherseits jemals bei uns zu Hause gewesen ist. Warum auch?

»Ein Glück, dass Oma Gertrud nicht mehr lebt!«

Ich erinnerte mich an Besuche in ihrem Ferienanwesen in Trenthorst.

Ein großes, dunkles Haus mit einem noch dunkleren Flur, gesäumt von Ölgemälden der verstorbenen Halbbrüder meines Vaters.

Beginnend mit dem jüngsten, der an Kinderlähmung

gestorben war, gefolgt von den beiden älteren Brüdern, die beide im Krieg gefallen waren.

Meine Großeltern hatten das Bild meines Vaters, das mein Großvater zu seinem 65. Geburtstag, kurz vor seinem Tod, geschenkt bekommen hatte, als letztes in den Flur hängen lassen.

Ein Todesdatum war auf dem Bild noch nicht vermerkt. Der Rest schon düster und detailgetreu vollendet. Der Letzte in der wartenden Ahnengalerie.

Sein Blick, wie der der toten Halbbrüder, starr geradeaus.

Das Haus war umgeben von einem Garten mit einem Teich inklusive Insel in der Mitte, auf dem ich ab und zu mit meinem Boot »Baldzrück« ruderte, mich auf die Insel rettete, um dort knöcheltief versunken in Vogelscheiße zu spielen.

Als ich mit meinen Eltern den dunklen Flur das erste Mal betrat, hatte ich ein tiefes Summen vom anderen Ende gehört. In meiner kindlich aufgeregten Neugier war ich durch den Flur gelaufen, um zu sehen, woher das Geräusch gekommen war.

Am Ende des Flurs stieg eine Treppe, bezogen mit zwei Zentimeter dickem Teppich, wie die gesamte obere Etage, hinauf in den ersten Stock. Von dort kam Gertrud via Treppenlift in unglaublich langsamer Geschwindigkeit, aber dennoch bedrohlich konstant, die Treppe hinuntergeruckelt.

Den Blick, wie gemalt, starr auf mich gerichtet.

Mein Laufen hatte mir nichts genützt, musste ich doch Ewigkeiten erstarrt warten, bis der Lift unterhalb der untersten Stufe auf einem Podest mit einem Krachen haltmachte und meine Mutter Gertrud half aufzustehen.

Wankend stand sie neben dem faszinierenden elektrischen Stuhl, eingehakt bei meiner Mutter, und musterte mich.

Ich trug eine modisch fragwürdige, aber dennoch moderne Hose mit tiefem Schritt, Chucks und ein T-Shirt von Die Ärzte mit der Aufschrift »Kopfüber in die Hölle«. Alles in allem ein, wie ich fand, normales Outfit. Bevor sie langsam begann, einen Fuß vor den anderen zu setzen, sagte sie: »Du siehst aus, als hättest du dir in die Hosen geschissen.«

Dies war ihre Variante, das ab dann sehr einseitig verlaufende Gespräch mit mir zu eröffnen.

Ich erzählte meiner Mutter diese Geschichte so, wie sie mir in Erinnerung geblieben war. Meine Mutter schmunzelte und nickte, als wäre sie in der Lage, der Anekdote zu folgen.

Nun war sie also tot, und ihr Diener, ja tatsächlich, ihr Diener Helmut, begrüßte meine Eltern und mich an ihrem Todestag an ihrer Haustür in fleischgewordener Grabesstimmung. Die »Gnädige Frau« sei … Er konnte die Tränen nicht mehr halten. Nicht nur sein Gesichtsausdruck schien ihm zu entgleiten. Auch seine gesamte Muskulatur und Gesichtshaut schien ihm aus dem Gesicht zu rutschen. Seine beringten und manikürten Hände schlug er sich vors Gesicht, um die Tränen zu stoppen und zu verhindern, dass ihm seine Gesichtshaut vollends von den Knochen troff. Er fing sich wieder und stolzierte, uns peinlich Berührten voran, in ein Zimmer der verwinkelten Wohnung. Angeführt von Helmut, der mit seinen Fingern am prätentiös ausgestreckten Arm an jeder Intarsie entlangfuhr, als würde er eine Art homoerotische Parodie von sich selbst aufführen wollen, durchschritten wir einen dunklen Raum nach dem anderen, um endlich ein ebenso dunkles Schlafzimmer zu erreichen. Als ich um die Ecke bog, Helmut wie ein Hund folgend, sah ich auf einmal die Leiche meiner Großmutter aufgebahrt auf dem Bett liegen. Zugedeckt, die Augen geschlossen und das Gesicht umrandet von einem weißen Tuch, das anscheinend die Funktion hatte zu verhindern, dass meine Großmutter das gleiche Schicksal ereilte wie zuvor Helmut, und ihre Gesichtshaut so in Form hielt. Sie lag im schummrigen Licht zwei Meter vor mir. Ein Schreck durchfuhr mich, durchzuckte uns alle. Wir hatten nicht damit gerechnet, sie hier vorzufinden. Kein Wort von irgendwem vorher und auch kein Wort der Warnung von Helmut. Seine Tränen schienen nie da gewesen, als ich, halb gezogen von meiner Mutter, halb geschoben von meinem Vater, schnell den Raum verließ.

Wie waren wir noch auf das Thema gekommen? Wir lachten einander an, schüttelten den Kopf über diese gemeinsame Erinnerung und machten uns ein bisschen über Helmut lustig.

Nach ein paar Sekunden der Gelöstheit fanden wir uns in meinem Zimmer wieder.

Poster von Die Ärzte an der einen Wand, Ghettoblaster auf dem Schreibtisch und selbst gemalte Bilder an der anderen. Mein Blick landete wieder bei meiner Mutter. Warum hatten wir noch einmal gelacht?

Irgendwann schlief ich ein.

Dreieinhalb Wochen waren vergangen, seit meine Mutter mich mit den Worten, dass wir nun ein Abenteuer bestehen müssten, geweckt hatte. Nicht, dass ich seitdem die Tage zählte. Die Tage waren in ihrer Zähigkeit, in ihrer unvorstellbaren Langsamkeit unzählbar. Sie schlichen gleichförmig dahin.

Durchbrochen wurde meine Langeweile nur von plötzlich eintretenden Momenten der Panik und ungekannter Angst.

Immer wieder erinnerte ich mich an meine ersten Gedanken:

Wenn jemand entführt wird, zahlt man das Lösegeld, und dann wird der Entführte umgebracht.

Diese vermeintliche Erkenntnis rief ich mir in jedem Moment der Angst sowie in jedem Moment der Hoffnung immer wieder ins Gedächtnis. Diese beiden in vielen Momenten sehr nah beieinanderliegenden Gefühle konnte ich so verdrängen. Hoffnung war Angst geworden.

Diese Angst, am Ende des Martyriums ganz allein dazustehen, hatte mich ein paar Tage zuvor auch den Entschluss fassen lassen, ein zweites Mal in die Schule zu gehen.

Einige meiner Freunde, Johannes und mittlerweile auch Niklas, wussten schon, was geschehen war. Ich musste mich also nicht gänzlich verstellen.

Der Schulleiter Herr Andersen, mit dem meine Mutter telefoniert hatte, bevor ich das erste Mal wieder zur Schule gehen sollte, ahnte auch schon, dass etwas geschehen war. Journalisten sämtlicher Verlage hatten Tage zuvor um Einsicht in das Schularchiv gebeten, was er dankenswerterweise abgelehnt hatte.

Sie suchten wohl nach verwertbaren Fotos von meinem Vater und mir.

Von Polizisten in Zivil auf ungelenke Weise in die Schule eskortiert, fand ich mich also im Alltag der anderen wieder.

Mein Kopf war leer. Jedes Lachen auf dem Schulhof fühlte sich an, als ob es in meinem Kopf widerhallte. Die verständnislosen Blicke meiner Mitschüler nahm ich wahr, aber sie kümmerten mich nicht.

Ich war ja Wochen zuvor schon mal in der Schule gewesen, genesen von meiner »Krankheit«, die wieder ausgebrochen war, und die ich anscheinend erneut erfolgreich bekämpft hatte.

Nicht selten zog ich mich in den Pausen aufs Schulklo zurück. Es war anstrengend, diese Lüge aufrechtzuerhalten. Es war anstrengend, ein Doppelleben mit Doppelgefühlen zu leben.

Jede Freude in der Schule verbot ich mir. Jedes Lachen erstickte ich mit einem Schuldgefühl. Jede Frage von Mitschülern (»Moin! Johann, was geht!? Biste gesund? Siehst irgendwie noch ganz schön fertig aus!«) versuchte ich mit einem albernen Spruch wegzuwischen.

Hitze stieg jedes Mal in mir auf, als ob es galt, ein Geheimnis nicht zu verraten.

Und es galt ja auch, ein Geheimnis nicht zu verraten.

Wie die Hubschrauber über unseren Häusern in Blan-

193

kenese flatterten meine Gedanken von einer Sorge zur nächsten. Würde ich mich jemals wieder konzentrieren können? Wann würde es mir wieder möglich sein, ohne schlechtes Gewissen zu lachen?

Nach der Schule raste ich auf dem Fahrrad nach Hause, schloss es am Straßenrand an, von wo ich es am nächsten Morgen wieder nutzen wollte, und stieg vor unserer Straße in ein Polizei-Taxi. Es gesellte sich die Sorge dazu, dass Journalisten ein Foto von mir machen könnten, um damit mein bisher so normales Leben endgültig zu beenden. Als die Journalisten dann vor meiner Schule Posten bezogen, beschlossen meine Mutter und ich, dass ich am nächsten Tag wieder zu Hause bleiben würde.

Dort bekam ich die Stimmung im Haus kaum noch mit. Ich war verloren gegangen zwischen den beiden Polen Schule und Zuhause, sodass ich mich und meine Umwelt überhaupt nicht mehr spüren konnte.

Was meine Mutter nicht erwähnt hatte, war, dass es natürlich die Entführer gewesen waren, die die neue Kommunikation meines Vaters mit uns und den Geldboten an der Polizei vorbei steuerten. Und so verblieb ich in der vagen Vorstellung, dass mein Vater mit uns über gemeinsame Freunde heimlich kommunizieren könnte. Und schon diese Vorstellung war mir einfach zu viel.

Ich hatte die Polizisten im Haus, vor allem Nickel, in den vergangenen Wochen lieb gewonnen. Sie vermittelten mir ein Gefühl von Sicherheit und Kontrolle. Da ich wenige Details der missglückten Geldübergaben erzählt bekam, wusste ich auch nichts von den Fehlern der Polizei und deren Mitschuld an der verfahrenen Situation. Für mich war und blieb die Polizei eine sichere Konstante in diesem Karussell des Wahnsinns, des erschöpfenden Wartens, der vibrierenden, allgegenwärtigen Angst. Sie waren potenzielle Antwortgeber unter vielen Ahnungslosen.

Ich bewegte mich wie durch Nebel in unserem Haus. Ab und zu bekam ich von meiner Mutter eine Information, dass alles gut laufe. Der Mann in der Lederjacke kam täglich zu Besuch, meine Mutter zog sich dann mit ihm für Stunden in ihr Arbeitszimmer zurück. Vera lief immer sofort auf den Balkon und telefonierte. Ich verzog mich in mein Zimmer, hörte Die Ärzte und versuchte, mich auf das Erlernen von Barré-Akkorden zu konzentrieren.

So bekam ich auch nur am Rande mit, dass die Vermögensverwalter meines Vaters aus New York angereist und bei uns zu Hause angekommen waren und ein privates Sicherheitsunternehmen in die Geldübergabe eingebunden hatten.

Die konspirativen Treffen meiner Mutter mit Michael Herrmann wurden also ebenfalls angezweifelt und fanden irgendwann immer seltener statt.

Nun wurde eine weitere Geldübergabe vorbereitet.

Mein Vater hatte den Entführern mitteilen sollen, ob es eine Person in seinem Freundeskreis gäbe, die sie kontaktieren könnten, um das Lösegeld ohne Polizei zu übergeben. Sie präferierten einen Geistlichen. So kam mein Vater auf Pastor Christian Arndt, den er noch aus Hafenstraßen-Zeiten kannte, und auf den Freund meiner Eltern, Lars Clausen, Professor für Soziologie.

Pastor Arndt rief, nachdem er von den Entführern kontaktiert wurde, Michael Hermann an, um zu uns zu fahren und den Brief meines Vaters persönlich an meine Mutter zu übergeben.

Nun, da aber die Vermögensverwalter und Berater meines Vaters aus Amerika angereist waren, empfahlen sie, eine private Sicherheitsfirma mit der Übergabe zu beauftragen oder sie zumindest zu überwachen.

Um bei der Polizei keine weitere Aufmerksamkeit zu erregen und das präparierte Lösegeld im Keller nicht anfassen zu müssen, mussten weitere 30 Millionen besorgt werden.

Diese sollten dann heimlich hinter dem Rücken der Polizei übergeben werden.

Kein Wunder, dass meine Mutter mir immer weniger erzählte, hatte sie doch genug damit zu tun, die Ereignisse selbst zu ordnen.

Am Abend sprach Vera mit meiner Mutter.

Ich saß etwas abseits und hörte die Unterhaltung bruchstückhaft mit.

Sie zog die Augenbrauen hoch, ließ den Kopf in den Nacken fallen und seufzte, als wollte sie sagen: Was denn noch?

Ich erschrak ein wenig, unterdrückte den Schreck, stand auf, ging zu ihr und schaute sie fragend an.

Vera verzog sich ins Nebenzimmer.

»Ach, es ist nichts. Frau Diehler, die Mutter von Matthias aus deiner Klasse, hat bei der Polizei angerufen und die Entführung gemeldet.«

»Was?« Etwas anderes fiel mir nicht ein.

»Sie dachte wohl, dass … ich rufe sie jetzt an.«

Vera drehte sich um und schaute meine Mutter überrascht an, hielt sie aber nicht auf.

Ich wusste überhaupt nicht mehr, was hier ablief.

Hatte ich mich die letzten Tage immer mehr darum bemüht, dass die Freunde, die von der Entführung wussten, es nicht weitererzählten, hatte versucht, ihnen so heimlich wie möglich und mit so wenig vagen Worten wie nötig zu erklären, warum es lebenswichtig sei, mit niemandem darüber zu sprechen, schienen nun schon ihre Eltern fremde Menschen zu informieren und uns in noch größere Unkalkulierbarkeiten zu verstricken.

»Hallo, Frau Diehler, hier ist Kathrin Scheerer. Ich habe gerade erfahren, dass Sie der Polizei die Entführung meines Mannes gemeldet haben.«

Eine Stimme am anderen Ende der Leitung sprach Worte, die ich nicht verstehen konnte.

Meine Mutter nahm sie mit ernstem Gesicht auf. Die Kiefer aufeinandergepresst, ihr Atem ging langsam.

»Ist Ihnen eigentlich klar, in welche Gefahr Sie uns gebracht haben könnten? Stellen Sie sich vor, die Polizei sei aus gutem Grund bislang nicht eingeschaltet gewesen. Dann hätten Sie das Leben meines Mannes gefährdet! Was bilden Sie sich eigentlich ein?«

Ich versuchte, die Antwort aus dem Gesicht meiner Mutter abzulesen, aber sie verzog keine Miene.

»Wie dem auch sei. Ich möchte Sie bitten, sich künftig nicht mehr einzumischen.«

Sie legte auf und verdrehte die Augen.

»Diese dämliche Kuh. Typisch, dass sie sich in alles einmischen muss. Sie hatte die Vorstellung, dass ich hier im Haus von Komplizen der Entführer gefangen gehalten werde und die Polizei nicht selber benachrichtigen könne.«

Vera und ich waren baff.

Plötzlich schossen mir meine Gedanken aus den ersten Tagen der Entführung in den Kopf, als ich von der Flughafenbesichtigung zurückgekehrt war.

Man hat einfach überhaupt keine Ahnung und schon gar keine Kontrolle darüber, was sich für Vorstellungen über unser Leben in den Köpfen anderer Menschen ausbilden.

Wieso konnten wir nicht einfach in Ruhe gelassen werden?

Als ich am nächsten Morgen das Wohnzimmer betrat, war es leer. Die Geräte und Verkabelungen waren abgebaut, die Isomatten weg, und auch Vera und Nickel waren verschwunden.

Ohne dass ich verstand, warum, hatte die Polizei auf Geheiß meiner Mutter an diesem Tag das Haus verlassen. Ich hatte mich nicht verabschiedet. Es war, wie so vieles in dieser Zeit, ohne Ankündigung und plötzlich geschehen und hatte die Situation für mich innerhalb von Sekunden mal wieder komplett verändert.

Vor einiger Zeit war Christian für ein paar Tage nach Frankfurt gefahren. Danach Kersten für ein paar Tage zu seiner Familie. Das hatte mich schon gestört. Auch wenn alles in meinem Leben zusammengebrochen war, konnte ich mich doch immer auf die bewährte Wohngemeinschaft verlassen. Vera, Nickel, Christian, Schwenn und Kersten. Meine Mutter und ich. Diese Runde war es, in der ich es genoss, abends, oft scherzend, den Schmerz und die Ungewissheit verdrängend, zusammenzusitzen.

Ich fühlte mich in dieser Runde wie ein ernst genommener Teil des Ganzen. Ich vergaß mein Alter und das der anderen und spürte die Gemeinschaft derjenigen, die diese Situation irgendwie bewältigen mussten.

Nun waren nur noch Christian, Thomas, Monika und meine Mutter da.

Für mich eine Truppe liebenswerter Menschen. Dennoch nicht die, denen ich zutraute, die vergangenen quälenden Wochen zu einem guten Ende zu bringen.

Ich hatte allerdings eine Ahnung, dass es sowieso in den Händen der Entführer lag, wie die Sache ausging.

Ich wollte nur noch endlich die 30 Millionen loswerden und Gewissheit haben.

»Wo sind denn alle?«, fragte ich meine Mutter, und sie begann zu erzählen.

Sie hatte sich nach einigen Treffen mit dem Polizeipräsidenten, den Vermögensverwaltern, den Mitarbeitern des Sicherheitsunternehmens und Michael Herrmann entschlossen, die Polizei grob davon in Kenntnis zu setzen, dass es einen Kontakt ohne Polizei zu den Entführern gäbe.

»Ohne Polizei«, so hätte das Sicherheitsunternehmen gesagt, »geht nur mit Polizei.«

Daraufhin hatte die Polizei meiner Mutter weiterhin Hilfe angeboten, und meine Mutter hatte sie gebeten, unser Haus sofort zu verlassen.

»Ich habe den Polizisten sehr deutlich mitgeteilt, dass wir ihnen für ihre Hilfe sehr dankbar sind«, betonte meine Mutter. Ich war mir nicht mehr sicher, ob das so stimmte.

Meine Verunsicherung wuchs von Minute zu Minute, während ich die vage Vermutung hatte, dass irgendetwas im Hintergrund gerade geregelt würde.

Ich hatte mitbekommen, dass nun auch Joachim Kersten meine Mutter am Telefon genervt angepflaumt hatte. Er hatte das zusätzliche Lösegeld besorgt und wollte jetzt wirklich gern mal zu seiner Familie aufs Land fahren, wo er schließlich seit drei Wochen nicht mehr gewesen sei.

Die Situation der letzten Wochen hatte die Nerven aller noch so stabilen Beteiligten zermürbt.

Nur meine Mutter und ich hielten irgendwie ohne größere Ausfälle durch. Wir mussten.

Ich fragte meine Mutter nichts mehr, um sie nicht zu belasten.

Ich erfuhr nicht, wie Joshua, einer der amerikanischen Vermögensverwalter, bei uns zu Hause war und die Tasche mit dem Geld abholte. Ich hörte nur mit halbem Ohr, dass meine Mutter Thomas erzählte, dass Joshua erst einmal nur zu uns gekommen sei, um einen leeren Koffer abzuholen. Er sei in dem Moment, wie damals Nickel, zu schauspielerischen Höchstleistungen aufgelaufen und habe so getan, als wöge der leere Koffer tatsächlich so viel wie einer, der mit 30 Millionen gefüllt ist. Dann sei er losgefahren. Wurde er verfolgt?

Das richtige Lösegeld wurde erst später von jemand anderem verladen und weggebracht. Es hatte also wieder eine vorgetäuschte Übergabefahrt gegeben. Diesmal allerdings, um die Polizei abzulenken, die uns nicht folgen durfte.

Wo wurde das Geld hingebracht? Ich wusste es nicht. Und ich wollte es nicht wissen.

Ich erfuhr nichts von der Kommunikation zwischen den Entführern und Pastor Arndt und Lars Clausen. Stattdessen versuchte ich, die Zeichen, dass alles um mich herum langsam in sich zusammenbrach, zu ignorieren. Drei Tage nachdem die Polizei unser Haus verlassen hatte, verließ uns auch Christian. Er wollte zurück nach Frankfurt, da es seiner Frau nicht gut ging. Wir verabschiedeten uns herzlich, und er versprach, immer ansprechbar zu sein.

Ich hatte das Gefühl, dass nun alle endgültig das sinkende Schiff verließen.

Aber ich war froh, dass es wenigstens mit Christian einen guten Abschied gegeben hatte, denn am Tag zuvor hatte ich mich mit ihm gestritten.

Wir hatten gemeinsam einen Spaziergang zur Elbe gemacht, um den Kopf frei zu kriegen.

Kurz zuvor hatte meine Mutter die Nachricht erreicht, dass Schwenn einen Beschwerdebrief an die Polizei verfasst hatte und im Begriff war, diesen abzuschicken. So wenig meine Mutter dagegen tun konnte, so sehr regte es sie auf. Schwenn war so lange eine große Hilfe gewesen. Nun schienen ihn die vergangenen Tage einzuholen, und der Brief war wohl seine Art, Ordnung in die Dinge zu bringen. Wir waren aber auf die konstruktive Mitarbeit oder zumindest eine Mitarbeit ohne Störungen der Polizei angewiesen und konnten uns keine Verstimmung leisten.

Für uns war Schwenn in diesem Moment ein weiterer wichtiger Begleiter auf unserem Weg, der die Nerven verloren zu haben schien.

Auf dem Weg hinunter zur Elbfähre erzählte ich Christian von den Kalauern, die mein Vater zu erfinden pflegte.

»Statt Karfreitag, Freitag Karstadt«, sagte ich grinsend, aber Christian fiel mir ins Wort.

»Der Spruch ist aber nicht von deinem Vater, Johann! Den hab ich mir damals ausgedacht.« Er drehte sich zu mir, ging ein paar Schritte seitwärts den Hang hinunter und sah mich spitzfindig an.

Mein Lächeln gefror. Ich wurde wütend. Was bildete er sich eigentlich ein, mir in dieser Situation, ob wahr oder nicht, die Erinnerung an meinen Vater zu trüben? Mit jedem Schritt zerrte die Situation zwischen ihm und mir mehr an meinen Nerven. Ich unterdrückte Tränen, die vor Wut in meine Augen zu schießen drohten, und beschleunigte meinen Schritt, um zu meiner Mutter aufzuschließen. Christian merkte wohl auch, dass mich die Äußerung getroffen hatte, und begann mit steigender Frequenz, seinem Tick nachzugehen. Er stupste immer wieder mit dem Zeigefinger an Laternenpfähle, Äste und Mauersteine.

Er machte mich wahnsinnig.

Schließlich kamen wir, nervlich schon lädiert, an der Elbe an. Wir bestiegen die Fähre, um eine Station zu fahren. Auf dem Schiff zeigte Christian immer wieder mit seinem Finger auf unser Haus am Elbhang und versuchte, die Stimmung aufzulockern, indem er irgendetwas erzählte, was keiner von uns verstand oder verstehen wollte.

Ich wollte so schnell wie möglich von diesem Schiff runter. Die Entscheidung, sich von zu Hause wegzubewegen, war ein Fehler gewesen. Ich konnte das Gefühl nicht ertragen, nicht sofort zurückzukönnen. Ich merkte meiner Mutter an, dass es ihr genauso ging. Wir liefen nervös von einer Reling zur anderen.

Ausgeliefert zu sein war für uns das Schlimmste.

Sobald das Schiff angelegt hatte, betraten wir den Anleger und machten uns im schnellen Schritt auf den Heimweg. Keiner sprach ein Wort.

Eine Stunde später, erschöpft, außer Atem und genervt, kamen wir zu Hause an.

Meine Mutter machte sich gleich wieder auf den Weg. Ein Treffen mit dem Polizeipräsidenten stand an. Ich blieb mit Thomas und Monika allein zu Hause, als plötzlich das Telefon klingelte.

Obwohl die Entführer sich ja seit Tagen bei den neuen Vermittlern Christian Arndt und Lars Clausen meldeten und uns keine direkten Anrufe mehr erreichten, erschrak ich, sobald das Telefon klingelte. Wir hatten die neue Freiheit und die Möglichkeit, das Haus zu verlassen, gerade das erste Mal genutzt und gemerkt, wie wenig frei wir uns fühlen konnten.

Das Telefon klingelte erneut.

Thomas hob ab.

»Hallo, Frau Spann ...«

Er blickte besorgt.

Nach einem kurzen Telefonat legte er auf.

Er sagte, dass wir Benni und Franz, die seit vier Wochen bei unserem Gärtner Herrn Spann waren, abholen müssten. Herr Spann sei mit Verdacht auf Herzinfarkt im Krankenhaus. Seine Frau müsse sich um ihn kümmern.

Herr Spann war, seit ich denken konnte, bei meinen Eltern beschäftigt. Er kümmerte sich um den Garten, und ich mochte ihn sehr. Besonders faszinierte mich sein Glasauge. Er hatte sich sein linkes Auge vor langer Zeit bei der Gartenarbeit mit einem dünnen Ast versehentlich selbst entfernt. Da ich als Kind nie einen lebenden Großvater gehabt hatte, schlug ich meinen Eltern irgendwann vor, Karl Heinz Spann könnte doch mein Ersatzopa sein. Tatsächlich trugen meine Eltern ihm das irgendwann im Vorbeigehen zu. Er stellte die Schubkarre ab, lächelte mich aus seinen glasblauen Augen an und sagte, dass es ihm ein Vergnügen sei. Er reichte mir die Hand. Ich drückte sie und sagte: »Cool!«

Nun war er also im Krankenhaus. Herzinfarkt. Ohne Details zu kennen, gingen Thomas und ich die fünfzehn

Minuten zu seinem Haus. Die Straße war immer noch gesäumt von Journalisten in Autos, die aber diesmal keine Anstalten machten auszusteigen. Die meisten waren wohl hinter meiner Mutter hergefahren, als sie das Haus vor uns verlassen hatte.

Ich freute mich, unsere beiden Hunde von Frau Spann in Empfang zu nehmen. Benni drehte wie immer völlig durch, als sie mich sah, sprang auf den Hinterbeinen auf und ab, drehte sich um die eigene Achse und jaulte und blökte wie ein angestochener Seehund.

Frau Spann machte es kurz. Sie war besorgt, hatte bereits ihre Jacke an und wollte schnell ins Krankenhaus. Kurz erwischte ich mich bei dem Gedanken, dass sie vielleicht Angst hatte, das Gespräch könne noch auf die Entführung kommen.

War ich so eine Art Aussätziger, dessen Kontakt es zu vermeiden galt? Wollte man sich nicht mit Sorgen anstecken?

Thomas, Benni, Franz und ich gingen wieder nach Hause. Kurz vor unserer Haustür pfiff jemand aus dem Auto, schnalzte mit der Zunge, um die Hunde zu ihm zu locken. Überrascht blickte ich mich um und direkt in die Kamera, die er aus dem Autofenster auf mich richtete. Es klackte mehrfach. Ich erschrak, drehte mich hastig um und lief nach Hause, die Hunde in freudiger Erwartung eines Spiels bellend neben mir her. Franz biss mir wie immer in die Hacken, ich trat reflexartig nach ihm, um nicht hinzufallen, strauchelte, fing mich wieder und war schon zu Hause angekommen. Thomas kam hinter mir her, fummelte den Schlüssel aus der Tasche, öffnete die Waschküchentür. Wir schlossen sie hinter uns, und ich flüchtete wortlos in mein Zimmer.

Als meine Mutter abends wiederkam, aßen wir gemeinsam und spielten wie auch in den kommenden Tagen zu viert Mensch ärgere Dich nicht.

Ich hatte das Gefühl, dass sie sich freute, die nervigen Hunde wieder im Haus zu haben. Von dem Vorfall mit dem Journalisten erzählte ich nichts.

Meine Mutter war in den letzten Tagen viel unterwegs gewesen. Ich fragte kaum noch nach, was genau sie tat.

Ich wusste, dass sie sich mit den Amerikanern traf und die Geldübergabe vorbereitete. Wie genau das geschehen sollte, wusste ich nicht. Ab und zu gab sie mir stichpunktartig durch, was geschehen war.

Einmal hörte ich meine Mutter ihrem Bruder Thomas erzählen, dass sich der Polizeiführer Daleki bei ihr gemeldet habe. Da er nicht persönlich vorbeikommen wollte und anscheinend auch keinem seiner Polizisten mehr vertraute, schickte er einen normalen Kurier mit einem Brief zu uns nach Hause. Der Brief enthielt die Bitte um ein Gespräch.

»Sehr geehrte Frau Scheerer, ich habe einigen nicht unwichtigen Gesprächsbedarf und bitte Sie deshalb, mit mir auf einem neutralen Anschluss Kontakt aufzunehmen. Ich habe mir gestern ein Handy beschafft, das extra für die Gespräche mit Ihnen dienen soll«, zitierte meine Mutter aus dem Gedächtnis. »Ich habe ihn dann angerufen«, fuhr meine Mutter zu Thomas fort.

»Von meinem Handy. Wenn er schon sagt, dass ein neutraler Anschluss besser ist, werden wir wohl wirklich abgehört.«

»Und, was wollte er?«, fragte Thomas.

»Mensch, Frau Scheerer, ich dachte, Sie wollen mich hier hängen lassen«, äffte meine Mutter Daleki nach. »Ich habe den ganzen Tag nichts mehr gehört. Ich weiß, Sie haben mich aus dem Boot geworfen, aber ich schwimme Ihnen hinterher und reiche Ihnen die Hand. Die können Sie jederzeit greifen, wenn Sie Hilfe brauchen.«

»Schwenn hat mir erzählt, dass Daleki ihn nach der gescheiterten Übergabe in Luxemburg tatsächlich ernsthaft verdächtigt hat, gemeinsame Sache mit der Entführerbande zu machen. Da habe ich schon gedacht, dass der spinnt und eher ratlos ist«, erzählte meine Mutter, schüttelte den Kopf und zuckte mit den Schultern.

Auch Thomas schaute erstaunt und schien so wenig in der Lage zu sein, diese Worte sinnvoll einzuordnen, wie ich es war.

In den Tagen zuvor, als die Polizei noch im Haus, aber schon nicht mehr an der Übergabe beteiligt gewesen war, hatte Joachim Kersten mithilfe der Amerikaner weitere 30 Millionen aus Amerika besorgt. Die Schweizer Franken machten wohl Probleme, da eine so große Menge an Bargeld nirgendwo vorrätig war. Letztendlich hatten die Amerikaner sie aber doch beschaffen können. Eine Dame in der Bank in Amerika hatte sie wissen lassen, dass man dort für »solche Fälle« immer eine Reserve vorrätig habe, und fragte, ob denn schon eine Nachforderung gekommen sei. So erzählte mir meine Mutter von einer Bankangestellten in Amerika, die völlig selbstverständlich äußerte, dass es ja normal sei, dass nach circa zwei Wochen einer Entführung eine Nachforderung der Entführer zu erwarten sei und die Übergabe dann irgendwie an der Polizei vorbeiorganisiert werden müsse.

Mein Vater, eingesperrt in einer Höhle. Entführer, die mit verzerrter Stimme nachts anrufen und befehlen, das Lösegeld mit einem Flugzeug abzuwerfen.

Ein unheimlicher Mann in Lederjacke in unserem Garten, stark rauchend, wie mittlerweile auch meine Mutter, was plötzlich keine Rolle mehr spielte.

Geier vor und über unserem Haus. Vorstellungen von Fremden und Erwartungen von Freunden. Freunde, die zusammenbrachen, Polizisten, die scheinbar aufgaben. Und nun Ratschläge von einem fernen Kontinent, wie mit der Situation umzugehen sei.

Um abzulenken, fragte ich meine Mutter, ob sie Lust habe, mit mir einen Film zu schauen. Schon seit Tagen nervte ich sie damit, endlich gemeinsam *King Ralph* mit John Goodman zu schauen. Immer wieder hatte sie mich vertröstet, musste in die Stadt fahren, telefonieren oder sich besprechen.

Heute Nachmittag war ihre Ausrede, dass Christiane Ensslin zu Besuch käme.

Mehrfach hatte sie meine Mutter wohl um ein Treffen gebeten. Mir sagte der Name nichts, denn die Zusammenhänge waren mir völlig fremd. Für mich bedeutete es nur, dass ich wieder ein paar Stunden warten musste. Ich wollte, dass sie ihr Versprechen endlich einlöste.

Gequält ließ sie sich darauf ein, wir gingen gemeinsam ins Zimmer meiner Eltern, und ich legte freudig die VHS-Kassette ein.

»Wer ist eigentlich diese Christiane Ensslin?«, entfuhr es mir plötzlich.

Es waren in letzter Zeit so viele neue Fremde bei uns im Haus gewesen, dass ich kurz das Bedürfnis hatte, Licht in das Dunkel der Unbekannten zu bringen.

Kurze Zeit später bereute ich es. Meine Mutter versuchte in einfachen Worten, den Bogen von der RAF, dem Deutschen Herbst und der Einstellung von Christianes Schwester Gudrun dem deutschen Staat gegenüber zu dem Besuch von heute Nachmittag zu spannen, ohne natürlich die brutalen Entführungen zu erwähnen. Sie erzählte mir, dass Christiane Ensslin sie gemeinsam mit einem Bekannten meiner Eltern besucht und ihr dann auf dem Balkon unseres Hauses eine verworrene Theorie zur Entführung meines Vaters erzählt hatte. Ich merkte, dass sich meine Mutter mit der Erklärung schwertat. Die Informationen, die ich nicht bekam, waren zu zahlreich, als dass die Geschichte für mich noch irgendeinen Sinn gemacht hätte. So erzählte sie mir nicht, dass Christiane Ensslin meiner Mutter erklärt hatte, dass der Staat gar kein Interesse daran hätte, dass mein Vater freikommt. Der deutsche Staat verfolge seine eigene Agenda. Außerdem hatte sie von einer befreundeten Journalistin gehört, dass die niemals zum Einsatz gekommene Cessna am Hamburger Flughafen jetzt wieder bereitgehalten wurde. Sie glaubte, dass die Polizei einen geheimen Plan verfolgte.

Meine Mutter tat alles als Spinnerei ab und sagte mir, die löchrige Anekdote abschließend, sie hätte Christiane Ensslin gesagt, ihre Journalistenfreundin sollte »besser mal die Klappe halten«. Sie lächelte mich aufmunternd an.

Die Worte beruhigten mich ein wenig. Meine Gedanken hatten angefangen zu rasen, ich hatte kurz versucht, alles zusammenzubringen, und dann aber schnell aufgegeben. Ein löchriges Netz aus Informationen und Nichtinformationen, das sich um mich schlang. Dann hatte ich nervös abgeschaltet und die Fernbedienung in die Hand genommen.

Wir lagen stumm nebeneinander und ließen den Film über uns ergehen. Eine kleine äußerliche Entspannung. Irgendwann am späten Abend schlief ich ein.

Um 23:10 Uhr meldeten sich die Entführer telefonisch auf einem Handy, das Christian Arndt und Lars Clausen sich vorher besorgt und dessen Nummer sie den Entführern mitgeteilt hatten.

Die beiden stellten die vereinbarte Lebenszeichenfrage nach der Herkunft unserer Katze Kümmel, die mit *Trittau* richtig beantwortet wurde.

Bei einem Vorfahrtsschild der Raststätte Münsterland sollten sie die nächste schriftliche Anweisung erhalten.

STICHWORT TRITTAU

FAHREN SIE AUF DER AUTOBAHN 1 WEITER

BIS ZUM KAMENER KREUZ

FAHREN SIE DORT WEITER AUF DER A2

RICHTUNG RECKLINGHAUSEN/OBERHAUSEN

FOLGEN SIE DER A2 BIS ZUM KREUZ DUISBURG/KAISERBERG

DORT WECHSELN SIE AUF DIE A40 RICHTUNG DUISBURG/

VENLO

FOLGEN SIE DER A40 BIS ZUM AUTOBAHNKREUZ

MOERS/KAPPELN

DORT WECHSELN SIE AUF DIE A57 RICHTUNG NEUSS/KÖLN

FOLGEN SIE DER A57 BIS WIR SIE TELEFONISCH KONTAKTIE-

REN ODER SIE DEN RASTPLATZ GEISMÜHLE (KURZ HINTER

KREFELD) ERREICHEN

DORT WARTEN SIE BIS SIE NEUE ANWEISUNGEN ERHALTEN

Telefonisch wurde dann mitgeteilt, wo die nächste Anweisung zu finden sei

STICHWORT TRITTAU
ICH VERSICHERE IHNEN NOCHMALS DASS
IHNEN KEINE GEFAHR DROHT WENN SIE SICH
GENAU AN UNSERE ANWEISUNGEN HALTEN

FAHREN SIE SOFORT WEITER AUF DER A57 BIS ZUM
NÄCHSTEN AUTOBAHNKREUZ
ES HEISST STRÜMP
DORT WECHSELN SIE AUF DIE A44 RICHTUNG
WILLICH/MÖNCHENGLADBACH
AN DER ERSTEN ABFAHRT DER 26 MEERBUSCH/OSTERRATH
FAHREN SIE AB
WENN SIE UNTEN AUF DER ABFAHRT STEHEN
BIEGEN SIE NACH RECHTS AB
NACH CA 50–100 METERN GEHT LINKS EIN
ASPHALTIERTER WEG AB
DORT BIEGEN SIE EIN
FOLGEN SIE DEM WEG CA 100 METER BIS ES
NUR NOCH NACH RECHTS ODER LINKS WEITERGEHT
DORT HALTEN SIE
SCHALTEN SIE DAS LICHT AUS
LASSEN SIE DEN ZÜNDSCHLÜSSEL STECKEN
LASSEN SIE DAS GELD IM AUTO UND STEIGEN SIE AUS
GEHEN SIE ZURÜCK ZUR HAUPTSTRASSE UND
GEHEN SIE LINKS RICHTUNG KREFELD/STEINRATH
STOPPEN SIE NICHT DREHEN SIE SICH NICHT UM
GEHEN SIE WEITER BIS SIE DIE POST ERREICHEN
RUFEN SIE SICH EIN TAXI UND WARTEN SIE
BIS WIR SIE ANRUFEN
WIR WERDEN IHNEN DANN MITTEILEN OB

WIR DAS GELD ÜBERNEHMEN KONNTEN UND
WO IHR AUTO STEHT
HOLEN SIE IHR AUTO AB UND FAHREN SIE NACH HAUSE
WENN ALLES GEKLAPPT HAT WIRD HERR R.
SICH FREITAG NACHT BEI IHNEN MELDEN

Als ich am nächsten Morgen im Bett meiner Mutter erwachte, war der Fernseher ausgeschaltet.

Fuß- und Kopfteil waren wieder in waagerechte Position gebracht worden und ich zugedeckt.

Meine Mutter war fort.

In Erwartung eines weiteren Tages, der sich irgendwie dahinschleppen würde, ging ich nach unten.

Meine Mutter kam mir entgegen, als sie meine Schritte auf der Treppe hörte.

Freudig umarmte sie mich.

»Joshua war gerade hier. Die Geldübergabe hat geklappt! Die Arschlöcher haben das Geld genommen!«

Sie zeigte mir einen Zettel, auf dem Joshua sich notiert hatte, was die Entführer im Auto auf einem Blatt Papier hinterlassen hatten.

Auf dem Zettel stand

PROF. HAT ORDNUNGSGEMÄSS BEZAHLT.

Ich konnte mich nicht auf den Zettel konzentrieren.

LEIDER HABEN WIR IHN IN DIE BÖSCHUNG GEFAHREN. TUT UNS LEID.

Was passierte gerade? Was war passiert?

Das Schlimmste war eingetreten.

Der Tod meines Vaters war nun offiziell besiegelt.

Die letzte Möglichkeit, ihn lebend wiederzusehen, war dahin.

Das Geld, der einzige Gegenwert zu seinem Leben, war in den Händen der Entführer.

Ich fühlte, wie meine Muskeln erschlafften. Gleichzeitig zog sich mein Magen zusammen und somit mein Bauch.

Ich atmete ein, richtete mich auf. Lachte nicht. Weinte nicht.

Ohnehin hoffnungslos, verbot ich mir Verzweiflung. Ich konnte die Freude meiner Mutter nicht verstehen. Wie schon Wochen zuvor, als die zweite Geldübergabe missglückt war und ich sie morgens weinend im Wohnzimmer angetroffen hatte, war mir ihre Reaktion unverständlich.

Worüber konnte sie sich nur so freuen?

Es war doch ganz klar, dass das Schicksal meines Vaters besiegelt war. Das Geld war übergeben, nun mussten die Entführer den einzigen direkten Zeugen des Verbrechens aus dem Weg schaffen.

Ich bemerkte, wie erstaunt meine Mutter über meine Regungslosigkeit war, und trotzdem verbot ich mir jede Reaktion. Es war nicht schwierig.

Mein Körper schien seit Tagen taub und gar nicht mehr in der Lage, Gefühle zu zeigen. Das Gefühl, wie mit Wachs überzogen zu sein, von der Außenwelt abgeschnitten, allein und umgeben von einem Vakuum, das nichts an mich heranließ, das ich schon am ersten Morgen gespürt hatte, war mein Normalzustand, den ich nicht mehr herstellen musste, dafür aber auch nicht ändern konnte.

Und doch fühlte ich Mitleid. Meine Mutter tat mir leid. Ihre Enttäuschung über meine Emotionslosigkeit tat mir leid.

»Wir werden, sobald Jan Philipp frei ist, erst mal für eine Weile nach New York fliegen.«

Diese Worte drangen langsam zu mir durch.

»Nach New York? Na toll – dann werden wir da alle drei entführt!?«

War New York nicht die Stadt, in der jede Bank eine Reserve für den Fall einer Entführung rumliegen hatte? In der jede Bankangestellte wusste, wie man mit den anscheinend an der Tagesordnung befindlichen Entführungen umzugehen hatte?

Ich wollte hier nicht weg.

Der Spaziergang zur Elbe, die zehnminütige Fahrt auf einem Boot, war schon zu lang gewesen. Zu weit.

Ich war vier Tage zur Schule gegangen und wusste, wie die Welt da draußen aussah.

Es war alles fremd. Voller Unverständnis, Erklärungsnot und Anstrengung.

Ich wollte nur zu Hause sein.

Die bevorstehenden 48 Stunden, die dann anstehende Reise nach New York. All dies schien mir so unvorstellbar lang und weit weg.

Ich erinnerte mich, wie ich am Morgen der Entführung vor 32 Tagen mit meiner Mutter die Stunden gezählt hatte, die es noch dauern könnte. Wir kamen auf 52 Stunden. Maximal.

Nun hatte eine 48 Stunden-Frist in der Nacht begonnen, und vor uns lagen zwei ganze Tage.

Tage ohne Sinn. Zeit ohne Sinn. Taubes Warten lag vor uns. Verbotene Hoffnung. Verbotener Schmerz. Stille und nur Rauschen einer Ahnung, dass niemals wieder etwas so sein würde wie bisher.

Wir beschäftigten uns mit Kleinigkeiten. Thomas und Monika waren bereit, unsere Hunde zu hüten, während wir in New York sein würden. Meine Mutter schlich sich aus dem unteren Gartenausgang aus dem Haus und an den Presseautos vorbei, um sich bei Frau Spann für die vier Wochen zu bedanken, in denen sie auf Benni und Franz aufgepasst hatte.

Herr Spann hatte sich erholt und war wieder zu Hause.

Am Abend nahm ich das erste Mal eine ganze Tablette Valium, und auch meine Gedanken wurden taub.

Auch am nächsten Tag schrieb meine Mutter Briefe. Sie bedankte sich bei denen, die uns geholfen hatten.

Mir fehlte die Kraft. Außerdem, wem sollte ich schreiben und vor allem was?

Sie packte. Ich sah fern. Hörte eine CD nach der anderen und aß.

Klemmte die Beine unter die Badewanne und machte Sit-ups.

Da wir das Haus nicht verlassen, uns noch nicht mal im Garten wegen der Hubschrauber und Fotografen auf dem Nachbargrundstück aufhalten konnten, blieb mir überhaupt kein Raum mehr.

Thomas und Monika erledigten den Hundespaziergang, und irgendwann war es so weit, dass ich mich gegen 18 Uhr mithilfe einer Valium endlich von der nervösen Ruhe erlösen konnte.

Um 23 Uhr klingelte das Telefon. Ich wachte trotz des künstlich hergestellten Schlafs sofort auf und rannte nach unten. Thomas kam mir entgegen. Ich erhaschte einen Blick auf den Fernsehapparat, hörte ein paar Wortfetzen und sah das Bild meines Vaters.

Ich erschrak. Blickte zu Thomas und sofort wieder zum Fernseher. Mitten in der Nacht lief in der ARD eine Sondersendung.

»Jan Philipp hat angerufen. Er ist frei und auf dem Weg ins Bundeswehrkrankenhaus. Es geht ihm gut! Du wirst gleich abgeholt und zu ihm gebracht.«

Ich bekam eine Gänsehaut und fiel Thomas in die Arme.

Wir drückten uns so fest wie lange nicht mehr. Mein Herz raste.

Ich ging zum Fernseher. Bilder aus Hubschraubern über unseren Häusern. Die wenigen vorhandenen Archivfotos von meinem Vater wurden eingeblendet.

Ich nahm die Fernbedienung und schaltete um. Auf allen Kanälen lief das Gleiche.

»Es wird gleich ein Auto kommen und dich zu Kathrin und Jan Philipp bringen. Kathrin ist schon vor einer halben Stunde los. Jan Philipp ist in einem Wald freigelassen worden, und er hat von einem Haus aus angerufen. Kathrin ist jetzt dort. Sie fahren gleich los ins Bundeswehrkrankenhaus. Alles reine Routine, Johann. Es geht ihm gut!«

Etwas später stand ein Auto vor der Tür. Thomas und ich öffneten die Haustür. Die Nacht wurde von Blitzlichtern taghell. Wir sprangen nacheinander, abgeschirmt von irgendwelchen Menschen, in ein Auto, das sofort in unglaublicher Geschwindigkeit losfuhr. Wir rasten durch die Nacht. Hinter uns Polizei und Presseautos.

Links und rechts sowie hinter uns stellten sich immer wieder Polizeiautos mit quietschenden Reifen quer, um die uns verfolgenden Autos zu blockieren. Über uns die Hubschrauber.

Thomas und ich pressten uns in die Sitze. Hielten unsere Hände.

»Jetzt kann Udo endlich vom Janssen runter«, flüsterte er eher zu sich selbst als zu mir. Ich blickte nur starr geradeaus.

Unser Fahrer sagte etwas in sein Funkgerät.

Minuten später schleuderten wir um die Ecke zur Einfahrt ins Bundeswehrkrankenhaus. Die Schranke öffnete sich in derselben Sekunde und schloss sich hinter uns und vor etwa einem halben Dutzend Verfolger.

Bundeswehrkrankenhaus Hamburg:

Thomas war draußen geblieben, hatte mich nur gemeinsam mit Polizisten vom Auto zum Eingang des Krankenhauses gebracht. Hinter uns weitere Polizisten in Uniform und in Zivil.

»Es ist gleich die erste Tür links«, sagte einer der Herren.

Ich ging hinein, eine Krankenschwester schloss gerade die erste Tür links und schaute mich mitleidig an. Zögernd ging ich an ihr vorbei und öffnete die Tür.

Mein Vater steht wankend vor mir. Dünn. Bärtig. Kaputt. Er geht ein paar Schritte. Neben ihm meine Mutter. Wir gehen aufeinander zu. Meine Mutter versucht ein Lächeln. Meinem Vater missglückt es sofort.

Wir umarmen einander unsicher. Er zittert. Ich weine nicht.

Wieder zu dritt.

Ich erinnere mich währenddessen an unsere Formulierung aus meinen Kindertagen, als wir kuschelnd im Bett lagen. »Zwischen uns passt keine Briefmarke.«

Nun habe ich das Gefühl, dass zwischen uns Welten Platz hätten. Zwei Galaxien, die aufeinanderprallen.

Was entsteht dann noch mal? Ein schwarzes Loch, das alles frisst und dem keiner entkommen kann? Eine Raum-Zeit-Krümmung, in der unendlich viel Raum ist?

Und dann nur noch Fragen, Fragen, Fragen.

»Warum hat das alles so lange gedauert?«

»Warum hat die zweite Geldübergabe nicht geklappt?«

Fragen, die versuchen, Licht ins schwarze Loch zu bringen.

Und dann wird doch alles eingesaugt.

Keine Antwort kann genügen, keine Frage ist zielgenau.

Es bleibt nur die rauschende, unfassbare Stille.

Wir liegen zu dritt im Bett im Bundeswehrkrankenhaus und schweigen. Meine Mutter durfte meinen Vater in der Nacht nicht umarmen. In dem Haus, aus dem mein Vater angerufen hatte, waren sie in der Nacht aufeinandergetroffen, aber die Polizei hatte eine Umarmung aus spurensicherungstechnischen Gründen erst einmal untersagt, bis sich mein Vater umgezogen hatte. So standen sie voreinander. Zwei Menschen ohne Gemeinsamkeiten.

Und nun hier im Bett.

Keine Worte. Kaum Weinen. Kein Laut.

Nur schweres Atmen in der Unfassbarkeit.

Unaussprechliches war geschehen. Nicht in Worte zu fassen.

Nicht in unserer Galaxie. Nicht in meiner. Nicht in seiner.

Es fühlt sich an, als schwiegen wir immer noch.

Aus New York landeten wir an einem Samstag Anfang Mai in Hamburg-Fuhlsbüttel.

Meine Eltern und ich hatten uns darauf geeinigt, dass ich am Montag wieder in die Schule gehen würde. Der Sonntag als Puffertag sollte mir Zeit geben, noch einmal durchzuatmen und den vermeintlichen Jetlag, den ich nicht spürte, besser zu verdauen.

Aus Hamburg waren wir geflohen. Vor den Hubschraubern über unserem Haus, den Journalisten in den Autos, die unsere gesamte Straße säumten, den Titelblättern sämtlicher Zeitungen am Kiosk und vor dem deutschen Fernsehen.

Dieses Hamburg sollte mich nun noch einen Tag abpuffern.

Wir wurden von Mitarbeitern einer Sicherheitsfirma abgeholt.

Herr Meier und einer seiner Kollegen öffneten uns die Türen des schwarzen BMW, wir nahmen zu dritt auf der Rückbank Platz und mussten uns das erste Mal chauffieren lassen.

Ich war müde von der Reise und dennoch unangenehm wach.

Was würde mich zu Hause erwarten? Was sollten wir in diesen nun noch weiter auseinanderstehenden Häusern machen? Wie könnten wir leben?

Was mich vor allem umtrieb, war die Angst vor den ersten Tagen wieder in der Schule.

Was würden meine Freunde sagen? Was würde *ich* sagen?

Mit einigen Tricks betraten wir ungesehen, aber nicht unbemerkt das Haus meiner Mutter.

Ich weiß nicht, ob es in diesem Moment war oder ob mein Vater schon vorher entschieden, ja, sich dazu durchgerungen hatte, einmal öffentlich vor die Presse zu treten, damit sie ihr Foto bekämen.

Damit endlich Schluss wäre mit dieser Hatz, mit dieser entwürdigenden Jagd.

Wie wir alle war mein Vater zerrissen von der Unmöglichkeit, über das Erlebte zu sprechen.

Mit wem auch? Oder in welcher Form?

Meine Eltern hatten in New York ein Interview gegeben, damit die Presse aufhörte zu bohren.

Vielleicht aus der Illusion heraus, ich könnte noch irgendwie wieder zurück in mein früheres Kinderleben, war ich bei dem Interview nicht dabei gewesen.

Mit Journalisten hatte ich also nicht gesprochen, und mit Freunden konnte ich nicht sprechen.

Das schwarze Loch, das die Entführung zwischen uns und den Rest der Welt gesaugt hatte, verhinderte einen normalen Umgang. Ließ uns geradezu vergessen, was überhaupt normal war.

Wenn *das* normal gewesen war, was könnte dann noch kommen?

Mein Vater trat einen Tag nach unserer Heimkehr vor unsere Haustür, ohne dass er in irgendeiner Form abgeschirmt wurde. Und ohne dass er es mir angekündigt hatte. Er öffnete einfach die Tür der Waschküche und ging hinaus.

Autotüren wurden aufgerissen.

Er steht, ich sah es erst später im Fernsehen, wackelig, unsicher und irgendwie deplatziert vor den anstürmenden Fotografen. Sein Blick geht von Kamera zu Kamera. Er wirkt, als habe ihn jemand von einer Sekunde auf die nächste an diesen Ort gebeamt, ohne dass er sich hätte vorbereiten können. Ohne dass er es gewollt hätte. Und versucht nun, erschrocken und wankend, die Situation zu verstehen.

Sein Gesicht spiegelt wider, dass die keimende Hoffnung, mit diesem Auftritt sei der Hunger nach Fotos gestillt, der Gewissheit weichen muss, dass es niemals genug sein würde.

Mein Vater wollte sprechen. Meine Mutter und ich wollten sprechen. Wir wollten alle sprechen.

Darüber, wie es uns ergangen war. Wir wollten die ewig langen Wochen in einen Rahmen bringen, der zu befragen und somit auch zu beantworten war.

Wir wollten die Galaxien vereinen. Zusammenbringen, was zusammengehört.

Stattdessen fragte niemand. Denn niemand wusste, wie.

Und wir schwiegen.

Am Montag sollte mich einer der neuen Sicherheitsleute in die Schule bringen.

Bis auf ein paar misslungene Tage irgendwann im April war ich seit fast zwei Monaten nicht mehr in der Schule gewesen. Mittlerweile wusste jeder meiner Lehrer, jeder in meiner Klasse und auch sonst jeder in der Schule, dass ich nicht sieben Wochen krank gewesen war.

Mein Herz klopfte, als der schwarze 7er BMW auf den Parkplatz fuhr. Der Mann neben mir stellte den Motor aus und stieg aus dem Auto.

Ich atmete.

Über den Parkplatz fuhren Freunde und Bekannte auf ihren Fahrrädern zu den Fahrradständern und schmissen wie jeden Morgen ihre Räder einfach so zu den anderen. Man fand sein Rad nach der Schule selten schnell und selten im selben Zustand wie morgens vor.

Ich hatte dieses Problem jetzt nicht mehr.

Ich hatte andere.

Ich stieg aus.

Neben dem Auto der große Mann, der Anstalten machte, mich noch bis zum Haupteingang zu begleiten.

Ich atmete.

»Könnten Sie bitte hier warten? Ich schreibe nachher eine Nachricht, wo ich rauskomme. Okay?«

»Alles klar. Meld dich, wenn irgendwas ist. Ich warte

den Tag hier auf dem Parkplatz oder vorm Eingang an der Straße.«

»O. k. Bis später.«

Ich zog den Riemen meiner Crumpler-Tasche, der quer über meiner Brust saß, etwas fester und bewegte mich langsam auf den Eingang der Schule zu.

Die erste Tür rechts, eine Art zweiter Eingang neben dem großen blauen doppelflügligen Eingangstor des Christianeums, wählte ich. Zügig ging ich durch den Eingangsbereich der Schule und hoch in den ersten Stock, wo sich die 8c befand.

In meiner Tasche ruhte ein Handy. Ein Siemens S3. Es war angeschaltet, denn keiner meiner Freunde würde mich anrufen. Niemand hatte Anfang Mai 1996 ein Handy.

Außer mir, denn ich sollte angerufen werden können, falls »etwas passiert«.

Da diese Formulierung der Sicherheitsleute recht vage war und eigentlich alle Befürchtungen zuließ, fand ich mich einfach damit ab, steckte das Telefon in meine Tasche und hoffte, dass es niemals klingeln würde.

Ich wusste, dass meine Mutter meinen Klassenlehrer Herrn Thiede vor ein paar Tagen angerufen hatte. Wir hatten uns überlegt, dass es schlau wäre, den vielen Fragen zuvorzukommen und eine Unterrichtsstunde dafür zu opfern, damit ich die Geschichte der letzten zwei Monate erzählen könnte.

Einige Meter vor meinem Klassenraum blieb ich stehen und überlegte, ob ich meine Jacke an einen der dafür vorgesehenen Haken rechts oder links von der Eingangstür hängen sollte. Niemand, der noch bei Verstand war, tat dies. Alle nahmen die Jacken mit rein und hängten sie über die Lehne. Jacken, die draußen hingen, wurden bei Rangeleien auf dem Flur immer abgerissen. Sie blieben auf dem Boden liegen und wurden so lange auf dem Flur entlanggekickt und über dem Boden mitgeschleift, bis der bemitleidenswerte Besitzer oder die Besitzerin darauf aufmerksam wurde und sie dann auch mit in die Klasse nahm.

Ich war ja nicht bescheuert. Beinahe hätte ich noch einmal die Schultoilette benutzt, die mir in den missglückten Schultagen ab und zu schon als Schutzraum gedient hatte, nur um den Moment des Betretens des Klassenraums noch etwas hinauszuzögern. Bloß irgendwas, um noch nicht die Klasse zu betreten.

Da kamen mir auch schon bekannte Gesichter entgegen. Sie öffneten die Tür am anderen Ende des Flurs. Jungs und Mädchen aus der 8d.

Sie sahen mich. Die Gespräche verstummten, und die Münder wisperten von einem Ohr zum nächsten. Blicke aus den Augenwinkeln zu mir. Münder zu Ohren. Lachen.

Vorbei. Schon waren sie vorbeigegangen, und ich stand in meiner Klasse. Sekunden später saß ich neben Daniel auf meinem Platz.

»Na.«

»Moin. Auch wieder da?«

»Ja, ich dachte, ich muss dann mal wieder.« Ich lächelte. Daniel lächelte.

Ich atmete hörbar aus.

»Alter, was für 'ne heftige Scheiße.«

Ich nickte.

»Ich erzähl das gleich mal alles. Herr Thiede lässt Mathe ausfallen. Dann muss ich nicht alles fünfmal erzählen.«

»Cool.« Daniel und ich sahen uns an. »Also, ich meine: heftig.«

Es half mir sehr, endlich mal wieder normale Sätze zu hören und mit normalen Freunden zu sprechen.

Neben Daniel hatte ich schon am ersten Tag der fünften Klasse gesessen, und wir hatten uns sofort angefreundet. Später gründeten wir eine Band, die nach einiger Zeit sogar Erfolg haben sollte, und heute sind wir immer noch Freunde.

Aber an diesem Tag und auch noch in den Jahren darauf, als der Prozess gegen den Kopf der Entführerbande und seine Handlanger losging, war Daniel mein Tor zu einer normalen Welt.

Seine Art, mit mir beziehungsweise dem Teil von mir, der diese Entführung war, umzugehen, ermöglichte es mir, ein normales Leben zu führen. Abseits des Wahnsinns. Über die Entführung sprachen wir nie.

Aber wir lachten, tranken, stritten und machten Musik zusammen.

Als Herr Thiede den Klassenraum betrat, dauerte es ein paar Minuten, bis sich alle auf ihren Stühlen eingefunden hatten. Er stand am Pult, lächelte mich an und sagte, wie immer von Kopf bis Fuß in Jeans gekleidet, in schnodderiger, norddeutscher Art: »So, Leute, ihr habt es ja alle mitbekommen. Ich übergebe«, er nickte mir zu und ging langsam zum Fenster, »mal an Johann. Der kann das ja mal selbst erzählen.«

Herr Thiede lehnte sich mit dem Rücken ans Fenster, winkelte ein Bein an und stellte einen Fuß auf die Heizung. Es fehlte noch, dass er sich eine Zigarette anzündete, aber das war damals schon in Klassenräumen verboten.

Ich atmete. Jeder kennt das in der Schule. Man kommt dran, und alle schauen einen an.

»Ja, wie Herr Thiede gerade schon gesagt hat – ihr habt es ja wahrscheinlich alle mitbekommen. Ich war nicht krank.«

Ich versuchte ein Lächeln. Doch bevor der Versuch seinen Weg von meinem Hirn zu meinen Gesichtsmuskeln gemacht hatte, verwarf ich ihn wieder.

»Mein Vater ist entführt worden. Der ist jetzt wieder da, aber es hat sehr lange gedauert.« Keiner in der Klasse sagte ein Wort. Auch Herr Thiede sah mich an, und ich begann zu erzählen.

Über den Morgen der Lateinarbeit, die Handgranate, die Briefe, den Finger, der dann doch nicht abgeschnitten wurde. Die Geldübergaben. Alle Geldübergaben und warum sie nicht klappten. Die verzerrte Stimme und die Polizei im Haus. Fahrten nach Luxemburg. Stehen gelassene Flugzeuge. Handys und Polizisten. Bis dahin, dass es dann irgendwann doch klappte, das Telefon klingelte und keine verzerrte Mickey Mouse dran war, sondern mein Vater.

Als ich fertig war, meldete sich Johanna.

Herr Thiede ermutigte mich, sie dranzunehmen.

»Also – äh – wieso haben die denn das Geld nicht genommen?«

Wie dankbar war ich Johanna für diese Frage. Es hätte jede Frage sein können, doch allein die Tatsache, dass sie sich traute, etwas zu fragen, die Situation greifbar, befragbar (wenn auch nicht beantwortbar) machte, brach die Stille in meinem Kopf und schlug eine Brücke von einer Galaxie in die andere.

Da ich keine Antwort hatte, erklärte ich einfach weiter, wie man sich das so vorstellen musste, wenn man 30 Millionen über einen Zaun in Luxemburg heben muss. Wenn man vorher das Geld in einen anderen Sack umgepackt hatte. Dass da vielleicht überall Polizei war. Oder die Entführer es zumindest dachten. War ja auch letztendlich egal. Angst, geschnappt zu werden, hatten sie ja so oder so. Auf jeden Fall konnte man die ja verstehen, die Entführer. Hätte man vielleicht selber liegen lassen. Hinter dem Zaun in Luxemburg. Die 30 Millionen.

Weitere Fragen gab es nicht. Die Stunde war sowieso um, es hatte schon vor Johannas Frage geklingelt, doch alle waren still sitzen geblieben, und ich hatte weitererzählt, während draußen vor der Klassentür das Pausengetöse losging. Nun erhoben wir uns und strömten langsam hinaus.

In der Pause redete ich mit ein paar Freunden auf dem Pausenhof. Ein Lehrer, der mein Klassenlehrer in der Fünften und Sechsten gewesen war, kam mir entgegen, als ich wieder in die Klasse ging.

»Hallo, Johann. Echt toll, dass dein Vater wieder da ist. Ich freue mich für dich.«

Ich nickte, atmete ein, schnappte nach Luft.

Wir blieben kurz stehen. Er nickte mir etwas steif zu. Lächelte mich an.

Ich wusste nicht, was ich sagen sollte. Lächelte. Hob die Hände und klatschte sie wieder auf meine Oberschenkel.

»Ja. Danke.«

Dann gingen wir aneinander vorbei.

Die Schule war vorüber, und ich verließ den Hof mit Daniel durch das Haupttor. Wir gingen am Fahrradständer vorbei aus der Schule und Richtung Straße. Ich hatte es hinter mich gebracht.

In der Einfahrt stand eine Gruppe Oberstufler und sah mich an, während wir auf sie zugingen.

Einer von ihnen tippte mit der Spitze seiner Seglerschuhe an seine lederne Schultasche, die auf dem Boden stand. Sie ruckelte ein wenig hin und her.

»Hilfe, Hilfe!«, sagte er mit lächerlich verstellter Stimme. »Ich bin der kleine Reemtsma. Ich will hier raus. Hilfe.«

Alle in der Gruppe lachten und drehten sich weg.

Wir gingen an ihnen vorbei. Daniel blieb noch bei ein paar Freunden stehen. Ich musste mich nicht lange umblicken, um zu erkennen, dass ich für eine Unterhaltung mit meinen Freunden keine Zeit hatte. Schnell musste ich in den 7er BMW einsteigen. Er wartete an der Straße vorm Haupteingang. Der Motor lief ja schon.

10. Mai 2016

Flughafen München

Ich habe meine Eltern zu einem gemeinsamen Wochen-
endausflug mit meiner Frau und unseren Kindern einge-
laden. Meinem Vater schien es nicht gut zu gehen, und ich
dachte, die Enkel könnten ihn vielleicht etwas ablenken.
Und dass er sie meiner Frau und mir für ein paar Minuten
der Zweisamkeit abnehmen könnte.

Was vorlesen.

»Opa, spiel doch mal was!«

Mit einem Koffer in der Hand warten wir zu siebt am
Flughafen. Mein Vater ist kein großer Fan von Fami-
lienurlauben. Er nutzt die Zeit eigentlich grundsätzlich,
um Bücher und Vorträge weiterzulesen oder zu Ende zu
bringen. Kinder sind da nur selten eine Bereicherung für
ihn.

Trotzdem, oder vielleicht gerade deshalb, wuseln die
drei Kinder in übermütiger Vorfreude auf den Kurzurlaub
mit Oma und Opa beim Taxistand herum, bis ein Hotelan-
gestellter in einem Mercedes Van vorfährt, aussteigt und
uns begrüßt.

Meine Mutter äußert kurz Bedenken, ob denn auch alle
Platz in dem Auto hätten.

Der Fahrer, schon zwei unserer Koffer zum Auto schiebend, dreht sich kurz um, lacht und sagt: »Ansonsten muss halt einer in den Kofferraum!«

Das Gesicht meines Vaters versteinert für eine Sekunde. Ich sehe, wie sich die Knöchel seiner Hand, die die Aktentasche trägt, weiß färben.

Mit angespannten Muskeln und schmalen Lippen sagt er, für meinen Geschmack etwas zu laut und für seinen Geschmack vermutlich etwas zu unlocker: »Das kann ich nicht empfehlen. Das ist sehr unbequem!«

Ein Blick meiner Mutter zu mir. Die gleichen Gedanken. Das gleiche kurze tiefe Durchatmen.

Da ist es wieder. Drei Veteranen unter sich. Umwuselt von Kriegsenkeln.

Da passt niemand in die Runde, der nicht an der Front war. Zwar sind wir alle zurückgekommen und nun gemeinsam hier, doch die Front, an der mein Vater war, haben wir nie gesehen.

Ich habe sie nie gesehen und werde die Gräuel in seinem Kopf wohl niemals vollends nachvollziehen können.

Mein Vater schrieb in seinem Buch *Im Keller* als eine Art Fazit, es könne sein, dass unter bestimmten Gegebenheiten der Wunsch entstünde, »wieder eine Kette am Fuß zu haben, wieder in einem sehr kleinen Raum zu sein, der so gut bekannt ist wie die ganze Welt nicht«.

Denn: »Im Keller hatten die Gefühle des Nicht-mehr-in-der-Welt-Seins ihren Ort. In der Welt haben sie keinen.«

Dies ist das schwarze Loch.

Das Gefühl, zwischen uns und der Welt sei eine unüberwindbare Grenze. Und manchmal zwischen meinem Vater und meiner Mutter und mir.

Als ich damals von Friedrich abgeholt wurde und in das

Auto stieg, das mich wieder nach Hause fuhr, fühlte ich mich im Auto, das mich wieder ins Zentrum der Entführung brachte, sicherer als außerhalb der Gefahrenzone. Bekannter. Vertrauter.

So kannten wir damals und kennen wir bis heute das Gefühl, man sei mit den Umständen während und nach der Entführung, auch 22 Jahre danach, fremd in der Welt, die man kennt.

Kriegsveteranen, die aufgehört haben zu sprechen, weil das Erlebte unaussprechlich scheint. Verwandte, die aufgehört haben zu fragen, weil das Erlebte unerklärlich ist.

Fremde mit Vorstellungen, die einem zuwider sind, und Freunde, die dazu verdammt sind, einen Teil unseres Lebens nicht verstehen zu können.

»Irgendwo in der jüdischen Tradition gibt es die Beschreibung des Zustands nach dem Erscheinen des Messias: Alles sei wie zuvor, nur um ein Winziges verschoben. (…) Alles ist, wie es war, nur passt es mit mir nicht mehr zusammen. Als trüge ich eine Brille, die alles einen Zentimeter nach links oder rechts verschiebt. Ich kann nichts mehr greifen, der Tritt fasst die Stufe nicht mehr. Oder als seien die Oberflächen der Dinge leicht gebogen, als würde nichts mehr Halt finden, das ich hinstellen möchte. Welt und ich passen nicht mehr.«

Auch wenn wir letztendlich, 22 Jahre später, gut aus dieser Zeit hervorgegangen sind – hier hat das Böse gesiegt. Wir alle drei kennen diese Momente, wenn das alles wieder für eine Sekunde aufblitzt.

»Darf ich Ihnen den Johann mal kurz für zwei Minuten entführen?«

Hilflos stehe ich neben ihm. Ich atme ein zweites Mal, lege ihm die Hand auf den Rücken und schiebe ihn sanft zum Auto und die Enkel einen nach dem anderen ebenso vorsichtig hinterher.

Zitiert wurde aus:

S. 24 f: »Der Tod in Flandern«, Volkslied, ca. 1915
S. 57 f: Mark Twain, »Tom Sawyers Abenteuer«,
  aus dem Amerikanischen von Gisbert Haefs,
  © Insel Verlag Frankfurt am Main und Leipzig 2007
S. 82 f: »DAS IST ROCK'N ROLL«
  K: Farin Urlaub/Bela B. Felsenheimer
  T: Farin Urlaub/Bela B. Felsenheimer/Hagen Liebing
  V: Edition Brause Beat/Universal Music Publishing
S. 105: »Schunder Song«
  K/T: Farin Urlaub
  V: Edition Fuhuru/PMS Musikverlag GmbH
S. 125, 161: »Langweilig«
  K/T: Farin Urlaub
  V: Edition Fuhuru/PMS Musikverlag GmbH
S. 133 f: »BASKET CASE«
  Musik + Text: Armstrong, Billie Joe/Pritchard,
  Mike Ryan/Wright III, Frank Edwin,
  © 1994 Green Daze Music/W. B. M. Music Corp.
  Mit freundlicher Genehmigung
  NEUE WELT MUSIKVERLAG GMBH
S. 136: »SPRÜCHE«
  K: Farin Urlaub/Bela B. Felsenheimer
  T: Farin Urlaub/Bela B. Felsenheimer/Hagen Liebing
  V: Edition Brause Beat/Universal Music Publishing
S. 234 f: Jan Philipp Reemtsma, »Im Keller«,
  © 1997 by Hamburger Edition